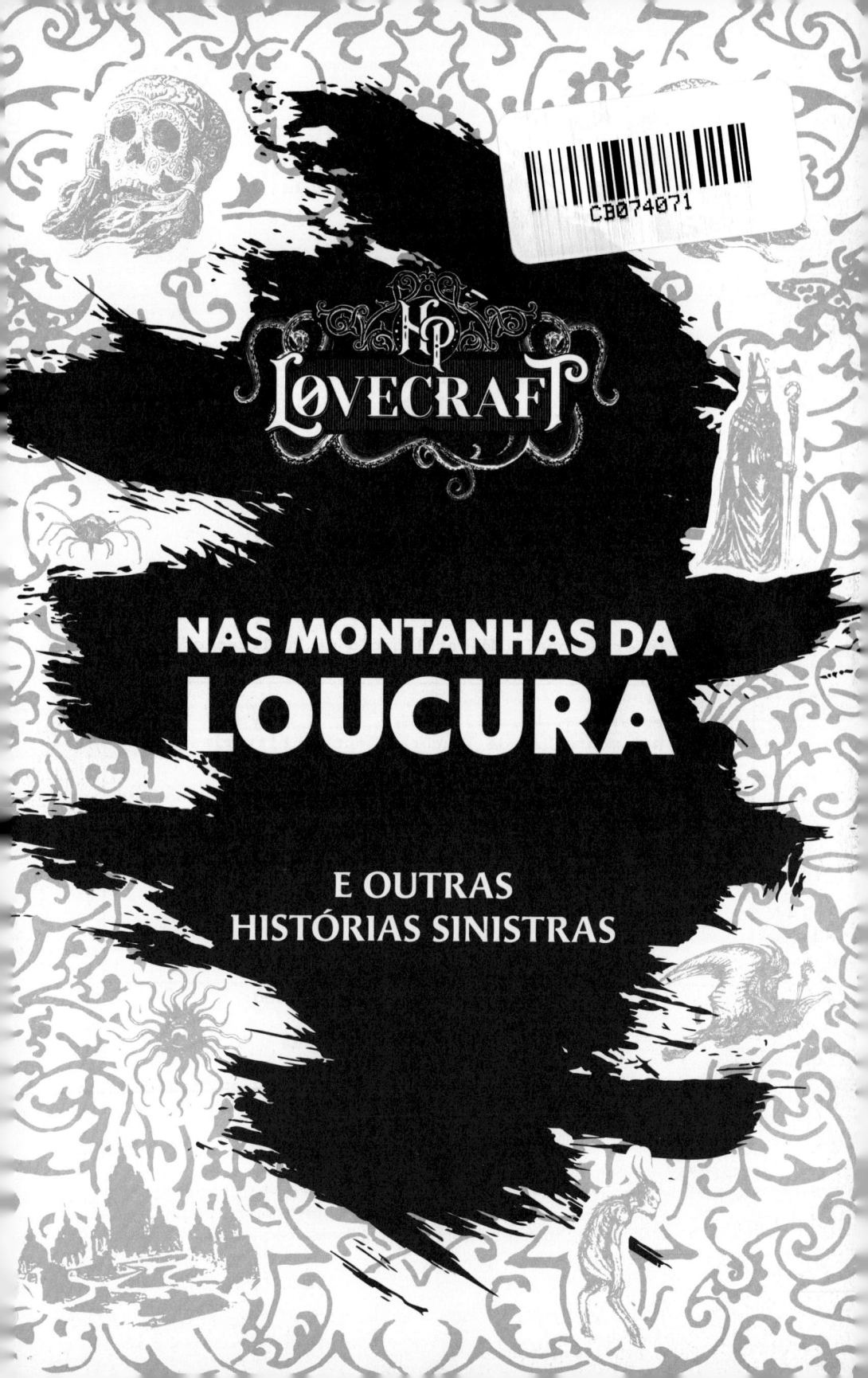
HP LOVECRAFT

NAS MONTANHAS DA LOUCURA

E OUTRAS HISTÓRIAS SINISTRAS

Título original: *At the Mountains of Madness*
copyright © Editora Lafonte Ltda. 2022

Todos os direitos reservados.
Nenhuma parte deste livro pode ser reproduzida por quaisquer meios existentes sem autorização por escrito dos editores.

Direção Editorial *Ethel Santaella*

REALIZAÇÃO

GrandeUrsa Comunicação

Direção *Denise Gianoglio*
Tradução *Adriana Buzzetti*
Revisão *Luciana Maria Sanches*
Capa, Projeto Gráfico e Diagramação *Idée Arte e Comunicação*

Dados Internacionais de Catalogação na Publicação (CIP)
(Câmara Brasileira do Livro, SP, Brasil)

Lovecraft, H. P., 1890-1937
  Nas montanhas da loucura e outras histórias sinistras / H. P. Lovecraft ; tradução Adriana Biuzetti. -- São Paulo : Lafonte, 2022.

  Título original: At the mountains of madness
  ISBN 978-65-5870-317-4

  1. Ficção norte-americana I. Título.

22-140315　　　　　　　　　　　　　　　　　CDD-813

Índices para catálogo sistemático:

1. Ficção : Literatura norte-americana   813

Inajara Pires de Souza - Bibliotecária - CRB PR-001652/O

Editora Lafonte

Av. Profª Ida Kolb, 551, Casa Verde, CEP 02518-000, São Paulo-SP, Brasil – Tel.: (+55) 11 3855-2100
Atendimento ao leitor (+55) 11 3855-2216 / 11 3855-2213 – atendimento@editoralafonte.com.br
Venda de livros avulsos (+55) 11 3855-2216 – vendas@editoralafonte.com.br
Venda de livros no atacado (+55) 11 3855-2275 – atacado@escala.com.br

NAS MONTANHAS DA LOUCURA

E OUTRAS HISTÓRIAS SINISTRAS

Tradução
Adriana Buzzetti

Brasil, 2022

Lafonte

I	NAS MONTANHAS DA LOUCURA	6
II	O INOMINÁVEL	136
III	A PROCURA DE IRANON	146
IV	A RUA	156
V	DOCE ERMENGARDE	164

Capítulo 1

Sou forçado a relatar, pois homens da ciência se recusaram a seguir meu conselho sem saber o porquê. É completamente contra a minha vontade que direi as razões para me opor a essa cogitada invasão do continente antártico — com sua vasta caça a fósseis e maciça perfuração e derretimento de antigas calotas de gelo. E estou mais relutante ainda porque meus avisos podem ser em vão.

Dúvidas sobre os fatos, uma vez revelados, serão inevitáveis. Ainda assim, se eu suprimisse o que parece extravagante e inacreditável, não sobraria nada. As fotografias até agora retidas, tanto comuns quanto aéreas, contarão a meu favor, pois são condenavelmente vívidas e gráficas. Mas ainda serão questionadas em virtude da grande extensão que falsificações inteligentes podem atingir. Claro que zombarão dos desenhos à tinta como sendo imposturas óbvias, não obstante uma estranheza na técnica que especialistas em arte devem observar e decifrar.

No fim das contas, devo me fiar no julgamento e na reputação de poucos líderes científicos que, por um lado, têm independência de pensamento suficiente para avaliar meus dados pelos próprios méritos hediondamente convincentes ou à luz de certos ciclos míticos primordiais e altamente desconcertantes; e, por outro, têm informação suficiente para deter a exploração do mundo em geral de qualquer programa excessivamente imprudente e ambicioso na região daquelas montanhas da loucura. É um fato infeliz que homens relativamente obscuros como eu e meus sócios, ligados apenas a uma pequena universidade, tenham pouca chance de causar grande impressão onde assuntos de natureza extremamente bizarra ou altamente controversa estejam implicados.

Pesa muito contra nós, ao pé da letra, o fato de não sermos especialistas nas áreas mais essencialmente relacionadas. Como geólogo, meu objetivo ao liderar a Expedição da Universidade Miskatonic era proteger espécimes de rocha e o solo de várias partes do continente antártico, ajudado pela impressionante perfuradora desenvolvida pelo professor Frank H. Pabodie, de nosso departamento de engenharia. Eu não tinha nenhum desejo de ser pioneiro em outra área que não essa, mas esperava de verdade que o uso desse novo dispositivo mecânico em diferentes pontos ao longo de trechos previamente explorados trouxesse à tona materiais de um tipo até então desconhecidos pelos métodos comuns de extração.

O aparato de perfuração de Pabodie, como o público já sabe por meio de nossos relatórios, era único e radical em sua leveza, portabilidade e capacidade de combinar o princípio comum de perfuração artesanal com o de perfuração de pequenas rochas circulares de tal forma que conseguisse rapidamente lidar com camadas de variadas durezas. Cabeça de aço, hastes articuladas, motor à gasolina, guindaste dobrável de madeira, parafernália para dinamitar, cabeamento, broca removedora de entulho e tubulação seccional para brocas de cinco polegadas de largura e até mil pés de profundidade quando montada, com acessórios necessários, e carga não excedendo o que trenós com sete cachorros poderiam carregar. Isso se tornou possível por uma inteligente liga de alumínio da qual a maioria dos objetos de metal era composta. Cinco aeronaves Dornier grandes — designadas especialmente para altas altitudes, necessárias na planície antártica e com dispositivos de aquecimento de combustível e partida rápida desenvolvidos por Pabodie — podiam transportar toda a nossa expedição de uma base no extremo de uma grande barreira de gelo a vários pontos adequados para dentro do continente, e desses pontos uma quantidade suficiente de cachorros iria nos servir.

Planejamos cobrir uma área tão grande quanto uma estação antártica permitiria — ou maior, se absolutamente necessário — operando basicamente nas cadeias montanhosas e na planície sul do Mar de Ross, regiões exploradas em graus variados por Shackleton, Amundsen, Scott e Byrd. Com mudanças frequentes de campo, feitas por aeronaves e envolvendo distâncias grandes o suficiente para ter importância geológica, esperamos desenterrar uma quantidade bastante inédita de material — principalmente na camada pré-cambriana, da qual uma gama muito pequena de espécimes antárticos havia sido previamente protegida. Também desejávamos obter a maior variedade possível de rochas fossilíferas superiores, já que a história de vida primeva desse reino obscuro de gelo e morte é da maior importância para o nosso entendimento do passado da Terra. Que o continente antártico já fora temperado e até tropical — com uma diversidade de vida animal e vegetal da qual líquens, fauna marinha, aracnídeos e pinguins da borda norte são os únicos sobreviventes — é de conhecimento geral. E esperávamos expandir essa informação em variedade, precisão e detalhe. Quando uma simples perfuração revelava sinais fossilíferos, aumentávamos a abertura com explosão, a fim de obter espécimes de tamanho e condição adequados.

Nossas perfurações, de profundeza diversa, de acordo com o compromisso sustentado pelo solo ou rocha superior, eram para ficar restritas a superfícies expostas, ou quase expostas — sendo estas inevitavelmente colinas e cumeeiras devido à grossura de uma ou duas milhas de gelo sólido cobrindo os níveis mais baixos. Não podíamos nos dar ao luxo de perfurar à toa a profundidade de qualquer volume de simples glaciação, embora Pabodie tivesse elaborado um plano para submergir eletrodos de cobre em grossos conjuntos de perfurações e derreter áreas limitadas de gelo com uma corrente gerada a partir de um motor movido à gasolina. É este plano — que não podíamos pôr em prática exceto experimentalmente em uma expedição como a nossa — que a iminente Expedição Starkweather-Moore propõe seguir, apesar das advertências que fiz desde nosso retorno da Antártida.

O público sabe sobre a Expedição Miskatonic pelos frequentes relatórios telegráficos para o *Arkham Advertiser* e a Associated Press e pelos mais recentes artigos meus e de Pabodie. Éramos quatro da universidade — Pabodie; Lake, do departamento de biologia; Atwood, do departamento de física (também meteorologista); e eu, representando a geologia e tendo autoridade nominal — além de dezesseis assistentes: sete alunos de pós-graduação da Miskatonic e nove mecânicos especializados. Desses dezesseis, doze eram pilotos qualificados de aeronaves, todos, com exceção de dois, eram competentes operadores de telégrafo. Oito deles entendiam de navegação com bússola e sextante, assim como Pabodie, Atwood e eu. Além disso, claro, nossos dois navios — antigos baleeiros de madeira, reforçados para condições no gelo e com máquina a vapor auxiliar — estavam completamente tripulados.

A Fundação Nathaniel Derby Pickman, auxiliada por algumas contribuições especiais, financiou a expedição; logo, nossas preparações estavam bem completas, apesar da ausência de grande publicidade. Os cães, trenós, máquinas, materiais de campo e partes desmontadas de nossos cinco aeroplanos foram entregues em Boston, e lá nossos quatro navios foram abastecidos. Estávamos maravilhosamente bem equipados para nossos propósitos específicos, e em tudo relacionado a suprimentos, tratamento, transporte e construções em campo nos beneficiamos do exemplo excelente de nossos recentes e extremamente brilhantes antecessores. Foram a quantidade e a fama incomum desses antecessores que fizeram a nossa própria expedição — embora ampla — ser tão pouco notada.

Como os jornais relataram, partimos do porto de Boston no dia 2 de setembro de 1930, tomando um curso agradável pela costa abaixo e pelo Canal do Panamá, parando em Samoa e Hobart, na Tasmânia, onde repusemos suprimentos. Ninguém da nossa equipe de exploradores já havia estado em regiões polares antes, consequentemente todos confiávamos totalmente em nossos capitães de navio — J. B. Douglas, comandando o brigue Arkham e servindo de comandante da equipe marítima, e Georg Thorfinnssen, comandando a barca Miskatonic — ambos veteranos de navios baleeiros em águas antárticas.

Conforme deixávamos o mundo habitado para trás, o sol ia se afundando baixo no norte e, a cada dia, permanecia mais e mais acima do horizonte. A cerca de 62º de latitude sul, vimos nossos primeiros icebergs — objetos parecidos com mesas com paredes verticais — e pouco antes de alcançar o Círculo Antártico, que cruzamos no dia 20 de outubro com cerimônias apropriadamente singulares, tivemos problemas consideráveis com o campo de gelo. A temperatura em queda me incomodou bastante após nossa longa jornada pelos trópicos, mas tentei me recompor para situações mais rigorosas que estavam por vir. Em muitas ocasiões os efeitos atmosféricos curiosos me encantaram demais, incluindo uma miragem vívida e marcante — a primeira que eu vira — na qual distantes blocos de gelo se tornavam parapeitos de castelos cósmicos inimagináveis.

Indo por entre o gelo, que felizmente não era nem extenso nem denso demais, chegamos a mar aberto na latitude 67º sul, longitude 175º leste. Na manhã de 26 de outubro, apareceu um lampejo de terra ao sul e, antes do meio-dia, todos ficamos extremamente animados por avistar uma cadeia de montanha vasta, elevada e coberta de neve que se abria e cobria toda a vista à nossa frente. Finalmente encontráramos um posto avançado do grande e desconhecido continente e seu mundo enigmático de morte congelada. Esses picos obviamente eram as Montanhas do Almirante, descobertas por Ross, e agora nossa tarefa seria contornar o Cabo Adare e navegar a costa leste da Terra de Vitória até nossa base projetada no litoral do Estreito de McMurdo, aos pés do vulcão Érebo, na latitude 77º 9' sul.

O último trecho da jornada foi intenso e atiçou a imaginação. Enormes picos inóspitos e cheios de mistérios emergiam com frequência do lado oeste, enquanto o sol do meio-dia baixo no lado norte ou, ainda, o sol ainda mais baixo do lado sul à meia-noite derramava seus raios vagamente vermelhos sobre a neve branca, o gelo azulado e os corredores de água, além dos pedaços negros das colinas de granito expostas. Rajadas intermitentes do terrível vento antártico varriam os cumes desolados. Sua cadência às vezes remetia a uma tubulação musical alucinante e meio senciente, com notas de grande amplitude e que, por alguma razão mnemônica subconsciente para mim, soavam desinquietantes e até um pouco assustadoras. Algo naquela cena me lembrava as estranhas e perturbadoras pinturas asiáticas de Nicholas Roerich e as descrições ainda mais estranhas e mais perturbadoras do diabolicamente famoso platô de Leng que ocorrem no temido *Necronomicon*, do árabe louco, Abdul Alhazred. Mais tarde, fiquei arrependido de ter olhado aquele livro tenebroso na biblioteca da faculdade.

No dia 7 de novembro, após perder temporariamente a visão do lado oeste, passamos pela Ilha Franklin; e, no dia seguinte, avistamos os cones dos montes Érebo e Terror na Ilha Ross à frente, com a longa linha das Montanhas Parry atrás. A baixa linha branca da grande barreira de gelo agora se esticava para o leste, aumentando perpendicularmente até a altura de duzentos pés, como os penhascos rochosos de Quebec, e marcando o fim da navegação ao sul. À tarde, entramos no Estreito de McMurdo e permanecemos na costa a sota-vento do fumegante Monte Érebo. O pico escoriáceo se erguia por cerca de 12.700 pés contra o céu no lado leste, como uma impressão do sagrado Fujiyama, enquanto atrás dele surgia o Monte Terror, branco como um fantasma, com 10.900 pés de altitude, agora extinto como vulcão.

Sopros de fumaça do Érebo saíam sem parar, e um dos pós-graduandos assistentes — um brilhante jovem de nome Danforth — chamou a atenção para o que parecia lava na colina nevada, observando que essa montanha, descoberta em 1840, sem dúvida havia sido a fonte visual para Poe quando ele escrevera sete anos antes:

> *[Enquanto] a lava incansavelmente despejava*
> *Suas correntes sulforosas Monte Yaanek abaixo,*
> *Nas zonas climáticas mais remotas do polo*
> *Que gemem enquanto descem o Monte Yaanek*
> *Nos reinos do polo boreal.*[1]

Danforth era um ávido leitor de material bizarro, e tinha falado muito sobre Poe. Eu mesmo estava interessado por causa da cena antártica da única história longa de Poe, a perturbadora e enigmática *A Narrativa de Arthur Gordon Pym*. No litoral deserto, e sobre a barreira de gelo elevada no fundo, miríades de grotescos pinguins grasnavam e batiam as asas, enquanto muitas focas gordas permaneciam visíveis na água, nadando e se esparramando sobre enormes blocos de gelo que flutuavam bem devagar.

Usando pequenos barcos, efetuamos uma difícil chegada à Ilha Ross logo após a meia-noite na madrugada do dia 9 segurando um cabo de cada navio e preparando para descarregar os suprimentos em uma espécie de cesto salva-vidas. Nossas sensações ao pisar pela primeira vez no solo da Antártida foram comoventes e complexas, mesmo que as expedições de Scott e Shackleton tivessem nos precedido. Nosso acampamento na praia congelada abaixo da colina do vulcão era apenas provisório, pois a sede seria mantida a bordo do Arkham. Descarregamos todo o nosso aparato de perfuração, cachorros, trenós, barracas, provisões, tanques de combustível, indumentária experimental para gelo derretido, câmeras, tanto comuns como aéreas, partes de aeronaves e outros acessórios, incluindo três pequenos equipamentos portáteis sem fio,

---

1 Trecho do poema "Ulalume", de Edgar Allan Poe, também publicado pela Lafonte no livro *O Corvo e Outros Poemas*. (N. da T.)

além daqueles no avião, capazes de se comunicar com os grandes aparatos no Arkham de qualquer parte do continente antártico que pudéssemos visitar. O equipamento do navio, comunicando-se com o mundo lá fora, servia para transmitir relatórios para o poderoso receptor de rádio do *Arkham Advertiser*, em Kingsport Head, Massachusetts. Esperávamos completar nosso trabalho durante um único verão antártico, mas se isso se mostrasse impossível, passaríamos o inverno no Arkham, enviando o Miskatonic para buscar suprimentos ao norte antes que tudo congelasse.

Não preciso repetir o que os jornais já publicaram sobre nosso trabalho preliminar: sobre nossa subida ao Monte Érebo; nossa bem-sucedida escavação mineral em vários pontos da Ilha Ross e a velocidade singular com a qual o aparato de Pabodie cumpriu todas essas tarefas, até mesmo passando por sólidas camadas de rochas; sobre nosso teste preliminar do pequeno equipamento para derreter gelo; nossa perigosa subida da grande barreira com trenós e suprimentos; e nossa montagem final de cinco enormes aeronaves no acampamento acima da barreira. A saúde da nossa equipe de terra — vinte homens e cinquenta e cinco cachorros puxadores de trenós do Alasca — era notável, embora, é claro, até aqui não tivéssemos encontrado nem temperaturas realmente avassaladoras nem vendavais. Na maior parte do tempo, o termômetro variou entre -17ºC e -3ºC ou até mais, e nossa experiência com os invernos da Nova Inglaterra nos familiarizara com rigores desse tipo. O acampamento da barreira era semipermanente e destinado a ser um depósito para combustível, provisões, dinamite e outros suprimentos.

Precisamos de apenas quatro de nossas aeronaves para carregar o material exploratório. A quinta delas ficou com o piloto e dois homens dos navios no depósito como uma maneira de chegar até nós a partir do Arkham caso todos as nossas aeronaves se perdessem. Mais tarde, quando nem todos os outros aviões estavam sendo utilizados para movimentar a parafernália, nós usávamos um ou dois no serviço de transporte circular entre esse depósito e outra base permanente na grande planície cerca de seiscentas a setecentas milhas ao sul, para além da Geleira Beardmore. Apesar dos quase unânimes relatos de ventos e tempestades impressionantes que assolavam o platô, resolvemos dispensar as bases intermediárias, apostando na economia e provável eficiência.

Relatórios pelo rádio falavam de um voo de quatro horas direto de tirar o fôlego do nosso esquadrão sobre a elevada plataforma de gelo, com enormes picos a oeste e os silêncios impenetráveis ecoando ao som dos nossos motores no dia 21 de novembro. O vento só atrapalhou moderadamente, e nossas bússolas de rádio nos ajudaram a atravessar a opaca neblina que encontramos. Quando a imensa rampa surgiu à nossa frente, entre as latitudes 83º e 84º, soubemos que havíamos alcançado a Geleira Beardmore, a maior geleira de vale no mundo, e que o mar congelado agora estava dando lugar a uma enrugada e montanhosa linha costeira. Finalmente estávamos de fato adentrando o branco e desolado mundo do extremo sul. Bem quando compreendemos isso, vimos o pico do Monte Nansen a leste, elevando-se aos seus quase 15 mil pés de altura.

A instalação bem-sucedida da base sul acima da geleira na latitude 86º 7' e longitude leste 174º 23' e as perfurações e explosões extremamente rápidas e efetivas feitas em vários pontos por nossa locomoção de trenós e curtos voos entraram para a história, assim como a árdua, mas triunfante, subida do Monte Nansen por Pabodie e dois dos alunos de pós-graduação — Gedney e Carroll — entre 13 e 15 de dezembro. Estávamos a cerca de 8.500 pés acima do nível do mar, e quando as perfurações experimentais revelaram solo sólido a apenas 12 pés abaixo da neve e do gelo em alguns pontos, fizemos uso considerável do pequeno equipamento de derretimento e dos instrumentos de perfuração afundados e realizamos explosões em muitos locais onde nenhum explorador que nos precedeu tinha sequer pensado em conseguir espécimes minerais. Os granitos e arenitos pré-cambrianos que assim foram obtidos confirmaram nossa crença de que essa planície era homogênea, principalmente no grande volume do continente a oeste, mas de alguma maneira diferente das partes que ficavam a leste abaixo da América do Sul, que na época pensávamos formar um continente separado menor dividido do maior por uma interseção congelada dos mares de Ross e de Weddell, embora depois Byrd tenha refutado essa hipótese.

Em alguns dos arenitos, dinamitados e esculpidos depois que a perfuração revelou sua natureza, encontramos algumas das mais interessantes marcações e fragmentos de fósseis, principalmente samambaias, algas marinhas, trilobites, crinoides e alguns moluscos como linguella e gastrópode — todos pareciam ter real importância no que diz respeito à história primitiva da região. Havia também uma marcação estranha, triangular e estriada, de cerca de um pé de diâmetro, que Lake juntou de três fragmentos de ardósia retirados de uma abertura profunda. Esses fragmentos vinham de um ponto a oeste, perto da Cordilheira Rainha Alexandra, e Lake, como biólogo, achou sua curiosa marcação intrigante e provocativa, embora para meu olhar de geólogo não parecesse diferente de alguns efeitos de oscilação razoavelmente comuns em rochas sedimentares. Como a ardósia não passa de uma formação metamórfica contra a qual um estrato sedimentar é pressionado, e como a pressão em si produz estranhos efeitos de distorção em qualquer marcação que possa existir, não vi qualquer motivo para essa extrema admiração pela depressão estriada.

No dia 6 de janeiro de 1931, Lake, Pabodie, Danforth, os outros seis alunos e eu sobrevoamos o Polo Sul em duas das grandes aeronaves, sem passar incólumes uma ocasião por um vento forte e repentino que, felizmente, não se desenvolveu em uma tempestade tropical. Como os jornais disseram, esse foi um dentre alguns voos de observação. Durante alguns dos outros tentamos discernir novas características topográficas em áreas não alcançadas anteriormente por outros exploradores. Nossos primeiros voos foram decepcionantes neste último aspecto, embora tenham nos rendido alguns exemplos magníficos das fantásticas e ilusórias miragens das regiões polares, das quais nossa jornada pelo mar tinha nos dado algumas breves amostras. Montanhas distantes flutuavam no céu como cidades encantadas, e muitas vezes todo aquele vasto mundo branco virava uma terra dourada, prateada e escarlate dos sonhos dunsanianos e uma expectativa aventureira sob a magia do sol baixo da meia-noite. Em dias nublados, tínhamos considerável dificuldade para voar pela tendência de a terra nevada e o céu se fundirem em um vazio místico e opalino sem nenhum horizonte visível para marcar a junção dos dois.

Depois de um tempo, resolvemos levar adiante nosso plano original de voar quinhentas milhas a leste com nossas quatro aeronaves exploratórias e estabelecer uma sub-base nova em um ponto que provavelmente estaria na divisão menor do continente, como erroneamente a havíamos concebido. Espécimes geológicos obtidos lá seriam desejáveis a título de comparação. Até ali, nossa saúde tinha permanecido excelente — suco de limão equilibrava bem com a dieta regular de comida enlatada e salgada, e temperaturas geralmente acima de -17ºC permitiam que ficássemos sem nossos casacos mais grossos. Estávamos no meio do verão, e com pressa e cuidado, poderíamos concluir o trabalho por volta do mês de março e evitar um entediante inverno pelas longas noites antárticas. Muitas ventanias selvagens nos atingiram do oeste, mas passamos ilesos em consequência da habilidade de Atwood de conceber abrigos rudimentares para aeronaves e quebra-ventos com pesados blocos de neve e reforçar as estruturas do acampamento principal com neve. Nossa boa sorte e eficiência tinham sido de fato quase assustadoras.

O mundo exterior conhecia, é claro, nosso programa, e também sabia da estranha e obstinada insistência de Lake em uma missão de prospecção a oeste — ou mesmo noroeste — antes de nossa mudança radical para a nova base. Parece que ele havia ponderado bastante, e com uma ousadia bastante radical, sobre aquela marcação triangular e estriada na ardósia, enxergando nela certas contradições na natureza e no período geológico que aguçaram sua curiosidade ao extremo e o tornaram ávido para realizar ainda mais perfurações e explosões na formação que se estendia a oeste, à qual evidentemente pertenciam alguns dos fragmentos exumados. Ele estava estranhamente convencido de que a marcação era a impressão de algum organismo volumoso, desconhecido e radicalmente inclassificável de evolução consideravelmente avançada, apesar do fato de a rocha que o sustentava ter uma datação muito antiga — cambriana, se não pré-cambriana até — a ponto de inviabilizar a provável existência não apenas de todo tipo de vida altamente desenvolvida, como também de qualquer vida acima de uma estrutura unicelular ou no máximo no estágio trilobite. Esses fragmentos, com sua estranha marcação, deviam ter entre quinhentos milhões e um bilhão de anos.

Capítulo 2

A imaginação popular, penso eu, teve resposta ativa aos nossos boletins telegráficos do início de Lake em direção ao noroeste pelas regiões jamais exploradas por humanos ou penetradas pela nossa imaginação, embora não tenhamos mencionado suas ferozes esperanças de revolucionar toda a ciência da biologia e geologia. Sua jornada preliminar de trenó de 11 a 18 de janeiro com Pabodie e cinco outros — comprometida pela perda de dois cachorros em um incidente ao cruzar uma das grandes cristas formadas pela pressão no gelo — trouxe à tona mais ainda daquela ardósia arqueana; e mesmo eu fiquei interessado na profusão singular de evidentes marcações fósseis naquele estrato inacreditavelmente antigo. Essas marcações, no entanto, eram de formas de vida bastante primitivas, que não envolviam nenhum grande paradoxo, exceto que quaisquer formas de vida deveriam ocorrer em rochas pré-cambrianas como essa parecia ser. Logo, eu ainda não conseguia ver o bom senso na exigência de Lake de um intervalo em nosso programa de economia de tempo — um intervalo exigindo o uso de nossas quatro aeronaves, muitos homens e todos os equipamentos mecânicos da expedição. No fim, eu não vetei o plano, embora tenha decidido não acompanhar a equipe que se dirige a noroeste, apesar do apelo de Lake pelo meu aconselhamento geológico. Enquanto eles fossem, eu ficaria na base com Pabodie e cinco homens e desenvolveria planos finais para o deslocamento a leste. Como preparação para essa transferência, uma das aeronaves havia começado a trazer para cima um bom estoque de combustível do Estreito de McMurdo, mas isso podia esperar temporariamente. Mantive comigo um trenó e nove cães, já que não é muito prudente estar em nenhum momento sem um possível meio de transporte em um mundo completamente desabitado.

A miniexpedição de Lake para o desconhecido, como todos se lembrarão, mandava os próprios relatórios de transmissores de ondas curtas nos aviões. Ao mesmo tempo, eram detectados pelo nosso equipamento na base sul e pelo Arkham no Estreito de McMurdo, de onde eram retransmitidos para o mundo exterior em comprimentos de onda de até cinquenta metros. O início se deu em 22 de janeiro, às quatro da manhã, e a primeira mensagem que recebemos chegou apenas duas horas mais tarde, quando Lake falou sobre descer e começar um processo de derretimento de gelo e perfuração em pequena escala em um ponto a trezentas milhas de onde estávamos. Seis horas depois, uma segunda mensagem muita animada nos falou sobre um trabalho frenético, duro, por meio do qual um eixo curto havia sido afundado e explodido com várias marcações semelhantes àquela que tinha causado a perplexidade original.

Três horas depois, um breve boletim anunciou a retomada do voo em meio a um vendaval bruto e cortante. E quando eu despachei a mensagem de protesto contra os riscos que se seguiriam, Lake respondeu secamente que seus novos espécimes fariam qualquer risco valer a pena. Vi que sua animação havia alcançado o ponto de motim, e que eu não poderia fazer nada para conter o risco precipitado de todo o sucesso da expedição;

mas era chocante pensar nesse mergulho cada vez mais fundo na imensidão branca traiçoeira e sinistra de tempestades e mistérios incompreendidos que se estendiam por cerca de mil e quinhentas milhas para dentro da costa meio conhecida, meio suspeita das terras de Rainha Mary e Knox.

Então, dentro de cerca de uma hora e meia, chegou aquela mensagem duplamente animada do avião de Lake em movimento, que quase reverteu meus sentimentos e me fez desejar que eu tivesse ido junto:

"22h05. Em pleno voo. Depois de uma tempestade de neve, avistamos uma cadeia de montanha à frente mais alta do que qualquer uma já vista. Pode se equiparar ao Himalaia, levando em consideração a altura do platô. Prováveis latitude 76º 15', longitude 113º 10' leste. Vai até onde a vista alcança tanto para a direita como para a esquerda. Suspeita de dois cones soltando fumaça. Todos os topos escuros e livres de neve. Ventania sobre eles impede aproximação."

Depois disso, Pabodie, os outros homens e eu ficamos sem fôlego do outro lado do receptor. Pensar nessa muralha titânica montanhosa a setecentas milhas incendiou nosso mais profundo senso de aventura; e nos alegramos que nossa expedição, mesmo que não fôssemos nós exatamente, tivesse sido a descobridora. Em meia hora, Lake chamou de novo:

"O avião de Moulton fez pouso forçado no platô no sopé da montanha, mas ninguém se feriu, e talvez consigamos consertar. Temos que transferir o essencial para os outros três para voltar ou avançar mais um pouco se preciso, mas não se fazem necessários sobrevoos mais pesados agora. Montanhas superam qualquer imaginação. Vou subir para acompanhar o avião de Carroll com toda a carga para fora.

"Vocês nunca viram nada como isso. Os picos mais altos devem ultrapassar 35 mil pés. Deixam o Everest para trás. Atwood vai trabalhar na altura com teodolitos enquanto Carroll e eu subimos. Provavelmente erramos nos cones, pois formações parecem estratificadas. Provavelmente ardósia pré-cambriana com outras camadas misturadas. Estranhos efeitos na linha do horizonte — porções regulares de cubos penduradas aos picos mais altos. Tudo maravilhoso à luz vermelho-dourada do sol baixo. Como uma terra de mistérios em um sonho ou uma escapada para um mundo de um encanto nunca explorado. Queria que estivessem aqui para estudar isso."

Embora tecnicamente fosse hora de dormir, nenhum de nós que ouviu a mensagem pensou um momento sequer em descansar. Deve ter acontecido o mesmo no Estreito de McMurdo, onde o depósito e o Arkham também estavam recebendo as mensagens, pois o Capitão Douglas fez uma chamada parabenizando todos pela importante descoberta, e Sherman, o operador do depósito, reforçou sua emoção. Sentimos muito, claro, pela aeronave danificada, mas esperamos que pudesse ser arrumada rapidamente. Então, às onze da noite, veio outra mensagem de Lake:

"Aqui em cima com Carroll sobre os mais altos sopés. Não ousaremos tentar esses picos realmente altos com o clima atual, mas, mais tarde, sim. Terrível subida, e difícil nessa altitude, mas recompensadora. A cadeia grande é bastante sólida, logo não dá para ver nada atrás. Os picos mais altos ultrapassam o Himalaia, e muito estranhos. Parecem ardósia pré-cambriana, com claros sinais de muitas outras camadas drenadas. Estava errado sobre atividade vulcânica. Vão mais longe do que podemos ver em todas as direções. Livre de neve acima de 21 mil pés.

"Formações inusitadas nas colinas de montanhas mais altas. Enormes blocos quadrados baixos com lados exatamente verticais, e linhas retangulares de muralhas verticais, como os velhos castelos asiáticos pendendo de montanhas íngremes nas pinturas de Roerich. Impressionantes a distância. Voamos perto de alguns, e Carroll pensou que eram formados por pequenas partes separadas, mas isso é provavelmente desagregação. Maioria dos abismos desmoronou como se exposta a tempestades e mudanças de clima por milhões de anos.

"Algumas partes, principalmente as superiores, parecem ser de rochas menos coloridas do que qualquer camada visível nas colinas, já que são de origem evidentemente cristalina. Voando perto deu para ver muitas entradas de cavernas, algumas com contorno inusitadamente regular, quadrado ou semicircular. Vocês devem vir e investigar. Pensei ver um parapeito quadrado no topo de um pico. Altura parece ser entre 30 e 35 mil pés. Cheguei a 21 mil pés, em um frio cortante e diabólico. O vento assobia e passa como em uma tubulação, entra e sai das cavernas, mas sem perigo de voo até aqui."

Dali em diante, por mais meia hora, Lake não parou de mandar suas observações, e expressou sua intenção de subir alguns picos a pé. Respondi que iria me juntar a ele assim que mandasse uma aeronave, e que Pabodie e eu criaríamos um bom plano de combustível — com onde e como concentrar nosso suprimento com base na natureza alterada da nossa expedição. Obviamente, as operações de perfuração de Lake, assim como suas atividades aéreas, iriam requerer muito para a nova base que ele desejava estabelecer no pé das montanhas, e era possível que o voo a leste não fosse realizado ainda nessa estação, no fim das contas. Considerando sua atuação, liguei para o Capitão Douglas e pedi que ele levasse o máximo que conseguisse dos navios para a barreira com o único time de cães que havia sobrado. Uma rota direta pela região desconhecida entre Lake e o Estreito de McMurdo era o que realmente deveríamos criar.

Lake me chamou mais tarde para dizer que decidira deixar o acampamento permanecer onde o avião de Moulton tinha sido forçado a pousar, e onde os consertos já haviam de certo modo progredido. A camada de gelo era muito fina, com solo escuro visível aqui e ali, e ele instalaria alguns equipamentos de perfuração e explosão naquele exato ponto antes de fazer qualquer transição com trenós ou expedições de subida. Ele falou da majestade inefável da cena como um todo e de suas estranhas sensações ao estar a sota-vento de cumes vastos e silenciosos que subiam como um muro alcançando o céu no limite do mundo. As observações que Atwood fez do teodolito calcularam a altura dos cinco picos mais altos entre 30 mil e 34 mil pés. A natureza varrida do terreno certamente perturbou Lake, pois indicava a ocasional existência de vendavais prodigiosos, mais violentos do que qualquer coisa que tivéssemos encontrado até então. O acampamento dele ficava a pouco mais de cinco milhas de onde os sopés se erguiam abruptamente. Eu quase conseguia identificar um traço de subconsciente preocupação em suas palavras — trespassadas por um vazio glacial de setecentas milhas — enquanto ele nos incitava a nos apressar e sair o mais rápido possível da região. Ele iria descansar agora, depois de um dia contínuo de trabalho de velocidade, intensidade e resultados quase incomparáveis.

De manhã eu tive uma conversa pelo rádio com Lake e o capitão Douglas em suas bases separadas. Concordamos que um dos aviões de Lake voltaria para a minha base para pegar Pabodie, os cinco homens e eu, além de todo o combustível que pudesse levar. O restante, dependendo de nossa decisão sobre a viagem a leste, poderia esperar mais alguns dias, já que Lake tinha o suficiente para necessidades imediatas de aquecimento no acampamento e perfurações. No fim, o antigo acampamento ao sul deve ser reabastecido, mas, se adiássemos a viagem a leste, não usaríamos esse estoque até o verão seguinte e, enquanto isso, Lake deveria mandar um avião para explorar uma rota direta entre sua nova montanha e o Estreito de McMurdo.

Pabodie e eu nos preparamos para encerrar nossa base por um período curto ou longo, conforme necessário. Se passássemos o inverno na Antártida, provavelmente voaríamos direto da base de Lake para o Arkham sem retornar a esse ponto. Algumas de nossas barracas cônicas já haviam sido reforçadas por blocos duros de neve, e agora decidimos completar o trabalho de criar uma vila permanente. Em virtude de um suprimento de barracas muito generoso, Lake levara com ele tudo de que sua base precisaria, mesmo depois da nossa chegada. Enviei a mensagem de que

Pabodie e eu estaríamos prontos para o movimento a noroeste depois de um dia de trabalho e uma noite de descanso.

Nosso trabalho, no entanto, não estava muito regular depois das quatro da tarde, pois, por volta daquela hora, Lake começou a mandar as mensagens mais animadas e inusitadas. Seu dia de trabalho havia começado de maneira desfavorável, já que uma inspeção por aeronave das superfícies rochosas quase expostas mostrara uma completa falta daquelas camadas arqueanas e primordiais pelas quais ele estava procurando, e que formavam uma parte tão importante dos colossais picos que se erguiam a uma distância tentadora do acampamento. A maioria das rochas avistadas era aparentemente arenito dos períodos Jurássico e Cretáceo Inferior e xistos permianos e triássicos, com um afloramento negro aqui e ali sugerindo hulha dura e com ardósia. Isso desencorajou Lake, cujos planos todos dependiam de espécimes descobertos mais de quinhentos milhões de anos atrás. Ficou claro para ele que, a fim de recuperar um veio de ardósia arqueana no qual havia encontrado estranhas marcações, ele teria de fazer uma longa travessia de trenó desses sopés até as colinas íngremes das gigantescas montanhas.

Ele havia decidido, entretanto, fazer algumas perfurações locais como parte do programa geral da expedição. Consequentemente, preparou a perfuradora e colocou cinco homens para trabalhar com ela enquanto o restante terminava de assentar o acampamento e consertar a aeronave danificada. A rocha mais branda avistada — um arenito a cerca de um quarto de milha do acampamento — havia sido escolhida para a primeira coleta de amostra; e a perfuradora fez um excelente progresso sem muita necessidade de explosão complementar. Foram cerca de três horas depois, seguindo a primeira explosão realmente pesada da operação, que o grito dos operadores da perfuradora foi ouvido; e que o jovem Gedney — o capataz em exercício — correu para o acampamento com a alarmante notícia.

Eles haviam atingido uma caverna. Logo no começo da perfuração, o arenito havia dado lugar a um filão de calcário do período Cretáceo, cheio de ínfimos cefalópodes fósseis, corais, ouriços e espiríferos, e com ocasionais sugestões de esponjas silícicas e ossos de vertebrados marinhos — estes últimos provavelmente de teleósteos, tubarões e ganoides. Por si só, isso já era bastante importante, por propiciar os primeiros vertebrados fósseis que a expedição havia garantido. Mas quando, logo em seguida, o ponto da perfuradora atingiu a camada no que pareceu ser um vazio, uma onda de excitação completamente nova e intensa se espalhou entre os escavadores. Uma explosão de bom tamanho tinha exposto o segredo do terreno e, agora, por meio de uma abertura recortada de talvez cinco por três pés, desenrolava-se na frente dos ávidos pesquisadores uma porção de rocha calcária oca desgastada há mais de cinquenta milhões de anos pelo gotejar de águas de um mundo tropical passado.

A camada vazada não tinha mais do que sete ou oito pés de profundidade, mas se estendia indefinidamente em todas as direções e tinha uma leve e fresca circulação de ar que sugeria pertencer a um extenso sistema subterrâneo. De seu teto e chão proliferavam inúmeras estalactites e estalagmites, algumas em forma de coluna. Mas mais importante do que todo o resto era o vasto depósito de conchas e ossos, que em alguns trechos bloqueavam a passagem. Desgastadas florestas desconhecidas de samambaias e fungos mesozoicos, cicas, palmeiras-leque e angiospermas primitivas terciárias, essa mistura óssea continha representantes de mais Cretáceo, Eoceno e outras espécies animais do que o maior paleontologista poderia ter contado ou classificado em um ano. Moluscos, couraça de crustáceo, peixes, anfíbios, répteis, pássaros e mamíferos mais primitivos — grandes e pequenos, conhecidos e desconhecidos. Não é de se admirar que Gedney tenha corrido para o acampamento gritando, e também não é de se admirar que todo mundo tenha largado o trabalho e corrido precipitadamente pelo frio cortante para onde o enorme guindaste marcava um novo portão para os segredos de uma terra profunda e de eras extintas.

Quando Lake tinha satisfeito sua primeira curiosidade aguçada, rascunhou uma mensagem em seu caderno e fez o jovem Moulton correr até o acampamento para despachá-la pelo rádio. Essa foi minha primeira palavra sobre a descoberta e falava da identificação de conchas primitivas, ossos de ganoides e placodermos, resquícios de labirintodontes e tecodontes, grandes fragmentos de crânio de mosassauros, vértebras de dinossauros e couraças, dentes de pterodátilos e ossos de asas, fragmentos de arqueoptérix, dentes de tubarões do Mioceno, crânios de pássaros primitivos e outros ossos de mamíferos arcaicos tais como paleotérios, xifodontes, cavalos da alvorada, porcos ruminantes e brontotérios. Não havia nada mais recente como mastodontes, elefantes, camelos, cervos ou bovinos; logo, Lake concluiu que os últimos depósitos haviam ocorrido durante o período Oligoceno, e que a camada vazada havia permanecido em seu estado seco, sem vida e inacessível por, no mínimo, trinta milhões de anos.

Por outro lado, a predominância de formas de vida muito primitivas era singular em seu grau máximo. Embora a formação de pedra calcária fosse — diante de típica evidência calcada em fósseis como ventriculites — sem sombra de dúvida do período Cretáceo Inferior e não anterior, os fragmentos livres no espaço oco incluíam uma proporção surpreendente de organismos até então considerados peculiares para períodos bem mais antigos — mesmo peixes rudimentares, moluscos e corais tão remotos quanto os do período Siluriano ou Ordoviciano. A conclusão inevitável era de que nesta parte do mundo tinha havido um grau marcante e único de continuidade entre a vida de mais de trezentos milhões de anos e aquela de apenas trinta milhões de anos atrás. O quanto essa continuidade tinha se estendido além do período Oligoceno quando a caverna foi fechada ia, claro, além de qualquer especulação. De todo modo, a chegada do terrível gelo no Pleistoceno cerca de quinhentos mil anos atrás — praticamente ontem se comparado com a idade dessa cavidade — deve ter posto um fim a qualquer uma das formas primitivas que havia conseguido sobreviver localmente às condições comuns.

Lake não ficou contente em deixar sua primeira mensagem ganhar destaque, e emitiu outro boletim escrito que foi despachado pela neve até o acampamento antes que Moulton conseguisse voltar. Depois disso, Moulton ficou no rádio em um dos aviões, transmitindo a mim — e ao Arkham para retransmitir ao mundo lá fora — os frequentes pós-escritos que Lake enviava a ele por uma sucessão de mensageiros. Aqueles que acompanharam os jornais se lembrarão da euforia criada entre os homens da ciência pelos relatórios daquela tarde — relatórios que finalmente levaram, depois de todos aqueles anos, à organização da própria Expedição Starkweather-Moore, de cujos propósitos desejo dissuadi-los. É melhor eu transmitir as mensagens literalmente como Lake as enviou e como nosso operador da base McTighe as traduziu da taquigrafia a lápis:

"Fowler faz descoberta da mais alta importância em fragmentos de arenito e pedra calcária provenientes de explosões. Várias impressões estriadas distintas e triangulares como aquelas na ardósia arqueana, provando que a fonte sobreviveu mais de seiscentos milhões de anos até o Cretáceo Inferior sem nada além de mudanças morfológicas e diminuição no tamanho médio. Impressões do período Cretáceo aparentemente mais primitivas e decadentes do que as antigas. Enfatize importância da descoberta na imprensa. Vai significar para a biologia o que Einstein significou para a matemática e a física. Junta-se ao meu trabalho anterior e amplifica conclusões.

"Parece indicar, como suspeitei, que a Terra já viu ciclos completos ou ciclos de vida orgânica antes do conhecido que começa com as células arqueozoicas. Evoluiu e se especializou não mais do que um bilhão de anos atrás, quando o planeta era jovem e recentemente inabitável por qualquer forma de vida ou estrutura protoplásmica. A pergunta que fica é quando, onde e como o desenvolvimento ocorreu.

"Mais tarde. Examinando certos fragmentos de esqueletos de sáurios de terras amplas e marinhos e mamíferos primitivos, encontro feridas e machucados singulares à estrutura óssea não relacionada a qualquer animal predador ou carnívoro de qualquer período, de dois tipos: furos retos e penetrantes e cortes de incisões, aparentemente. Um ou dois casos de ossos nitidamente partidos. Não muitos espécimes afetados. Estou mandando buscarem lanternas no acampamento. Vou estender a área de busca no subsolo cortando as estalactites.

"Ainda mais tarde. Encontrei fragmento peculiar de pedra-sabão de cerca de seis polegadas de largura e uma e meia de espessura, totalmente diferente de qualquer formação local visível — esverdeada, mas sem evidências para localizar seu período. Tem suavidade e regularidade curiosas. No formato de uma estrela de cinco pontas com as extremidades quebradas e sinais de clivagem em ângulos internos e no centro da superfície. Uma pequena e delicada depressão no centro da superfície intacta. Gera grande curiosidade quanto à fonte e desagregação. Provavelmente alguma ação descontrolada da água. Carroll, com lente de aumento, acredita que pode decifrar marcações adicionais de importância geológica. Grupos de minúsculos pontos em padrões regulares. Cães vão ficando inquietos enquanto trabalhamos e parecem odiar essa pedra-sabão. Mando novo relatório quando Mills voltar com luz e começarmos no subsolo.

"22h15. Descoberta importante. Orrendorf e Watkins, trabalhando no subsolo às 9h45 com luz, encontraram fóssil enorme no formato de barril de natureza completamente obscura; provavelmente vegetal, a menos que seja espécime de radiata marinha desconhecida coberto de vegetação. Tecido claramente preservado por sais minerais. Duro como couro, mas com impressionante flexibilidade em alguns pontos. Marcas de partes quebradas em extremidades e nas laterais. Seis pés de um extremo ao outro, três pés e meio de diâmetro central, afunilando para um pé em cada extremidade. Como um barril com cinco cristas salientes no lugar de bastões. Roturas laterais, como de finíssimos talos, no meio dessas cristas. Algo crescendo nos sulcos entre as cristas — saliências ou asas que se dobram e se expandem como leques. Todas bastante danificadas, com exceção de uma, que mede quase sete pés com as asas abertas. Arranjo faz lembrar de certos monstros de um mito primal, especialmente os lendários Povos Antigos em *Necronomicon*.

"As asas parecem ter membranas, esticadas em uma estrutura de tubulação granular. Minúsculos orifícios aparentes na estrutura tubular nas pontas das asas. Extremidades do corpo enrugadas, não dando qualquer pista do interior ou do que estivera quebrado ali. Precisamos dissecar quando voltarmos ao acampamento. Não consigo decidir se é vegetal ou animal. Muitas características óbvias de quase inacreditável primitividade. Coloquei todos para cortar estalactites e procurar outros espécimes. Outros ossos com cicatrizes foram encontrados, mas esses irão esperar. Tendo problemas com os cães. Eles não suportam os novos espécimes e provavelmente os rasgariam em pedaços se não os mantivéssemos a certa distância.

"23h30 noite. Atenção, Dyer, Pabodie, Douglas. Assunto da maior — se não transcendente — importância. Arkham tem que retransmitir à estação Kingsport Head imediatamente. Crescimento estanho em formato tubular na coisa arqueana que deixa pegadas nas rochas. Mills, Boudreau e Fowler descobriram uma colônia de treze ou mais no subsolo a quarenta pés da abertura. Misturados com fragmentos de pedra-sabão curiosamente arredondado e configurados menores do que o que foi encontrado antes — em formato de estrela, mas sem marcas de ruptura, exceto em alguns pontos.

"Sobre os espécimes orgânicos, oito aparentemente perfeitos, com todos os apêndices. Todos trazidos à superfície, com os cães mantidos a distância. Eles não suportam essas coisas. Deem especial atenção à descrição e nos mandem de volta para obter exatidão. Os jornais têm que ter a informação correta.

"Objetos têm oito pés de comprimento. Torso de seis pés, com tubo com cinco dobras, diâmetro central de três pés e meio e um pé de diâmetro na extremidade. Cinza-escuro, flexível e infinitamente duro. Asas membranosas de sete pés da mesma cor, encontradas dobradas, sulcos espalhados entre as cristas. Estrutura da asa tubular ou glandular, de um cinza mais claro, com orifícios nas pontas das asas. Asas abertas têm borda dentada. Mais ou menos ao meio há cinco sistemas de braços ou tentáculos flexíveis cor cinza-claro — sendo um no vértice central de cada uma das cinco dobras verticais em formato de aduela — firmemente dobrados junto ao torso, mas expansíveis ao máximo comprimento, que é de mais de três pés. Parecem-se com braços de crinoides primitivos. Galhos de hastes únicas de três polegadas de diâmetro por sub-hastes de seis polegadas, cada uma das hastes de oito polegadas se transformando em tentáculos ou gavinhas pequenas, afuniladas, dando a cada haste um total de vinte e cinco tentáculos.

"No alto do torso, um pescoço grosseiro, bulboso, de um cinza mais claro, com algo parecido com guelras, que sustenta o que parece ser uma cabeça amarelada de cinco pontas e formato de estrela-do-mar coberta com cílios rijos de três polegadas de variadas cores.

"Cabeça maciça e inchada, de cerca de dois pés de um ponto ao outro, com tubos amarelados de três polegadas se projetando de cada ponto. Corte bem no centro do topo, provavelmente abertura para respiração. Na extremidade de cada tubo há uma expansão esférica em que membrana amarelada baixa ao ser manuseada para revelar o que claramente é um olho, vítreo, de íris avermelhada.

"Cinco tubos avermelhados levemente mais longos saem dos ângulos internos da cabeça em formato de estrela-do-mar e terminam como edemas iguais a bolsas da mesma cor que, sob pressão, abrem-se em orifícios como sinos, de no máximo duas polegadas de diâmetro, alinhados a dentes brancos afiados como saliências — provavelmente bocas. Todos esses tubos, cílios e pontos da cabeça de estrela-do-mar foram encontrados muito bem recolhidos; tubos e pontos agarrados ao pescoço bulboso e ao torso. Surpreendente flexibilidade, apesar da enorme tenacidade.

"Na parte de baixo do torso existem rudes arranjos de partes correspondentes a uma cabeça funcionando diferentemente.

Um pseudopescoço bulboso cinza-claro, sem aparentar ter guelras, possui arranjo de estrela-do-mar de cinco pontas esverdeada.

Braços robustos, musculosos, de quatro pés de comprimento e afinando de sete polegadas de diâmetro na base a cerca de dois e meio na ponta. A cada ponta está atrelada uma pequena extremidade de um triângulo membranoso de cinco nervuras esverdeado com oito polegadas de comprimento e seis de largura na extremidade mais distante. Essa é a nadadeira, barbatana ou pseudopé que deixou as pegadas na rocha de um bilhão a cinco ou seis milhões de anos.

"Dos ângulos anteriores da estrela-do-mar se projetam tubos avermelhados de dois pés se afunilando a partir da base para a ponta. Orifícios nas pontas. Todas essas partes infinitamente rijas e endurecidas, mas extremamente flexíveis. Braços de quatro pés de tamanho com nadadeiras indubitavelmente usadas para locomoção de algum tipo, marinha ou outra qualquer. Quando movidos, é possível ver exagerada muscularidade. Conforme encontradas, todas as saliências fortemente dobradas sobre o pseudopescoço ou extremidade do torso, correspondendo a saliências na outra extremidade.

"Ainda não é possível atribuir natureza vegetal ou animal, mas há mais chance de ser animal. Provavelmente representa inacreditável evolução avançada de radiata sem perda de determinadas características primitivas. Inequívocas semelhanças equinodermas, apesar de evidências locais contraditórias.

"Estrutura da asa confunde em razão do provável habitat marinho, mas deve ter aplicação na movimentação aquática. A simetria, curiosamente, assemelha-se com a de vegetal, sugerindo uma estrutura essencial acidentada mais do que o tipo de uma extremidade à outra do animal. Data de evolução fabulosamente precoce, precedendo até os mais simples protozoários até então conhecidos, engana todas as conjecturas quanto à origem.

"Espécies completas têm semelhança tão impressionante com certas criaturas do mito primal que se chega a considerar que existência antiga fora do continente antártico seja inevitável. Dyer e Pabodie leram *Necronomicon* e viram as pinturas de pesadelos de Clark Ashton Smith baseadas no texto, e entenderão quando eu falar da suposição de que os Antigos criaram toda a vida na Terra como uma brincadeira ou por erro. Os alunos sempre acharam que a concepção se formou a partir de um tratamento imaginativo mórbido de uma radiata tropical muito antiga. Assim como as coisas associadas ao folclore pré-histórico de que Wilmarth falou — complemento ao culto de Cthulhu etc.

"Abre-se um vasto campo de estudo. Depósitos são provavelmente do fim do período Cretáceo ou início do Eoceno, a julgar pelos espécimes associados. Enormes estalagmites depositadas sobre eles. Muito trabalho cortar, mas a dureza evitou danos. Miraculoso estado de preservação, evidentemente em consequência da ação da pedra-sabão. Nada mais encontrado até aqui, mas retomaremos a busca mais tarde. A tarefa agora é levar catorze espécimes gigantescos ao acampamento sem os cães, que latem furiosamente e não podem ser deixados ao lado deles.

"Com nove homens — três ficam para olhar os cães — daremos conta dos três trenós muito bem, embora haja muito vento. Temos que estabelecer comunicação aérea com o Estreito de McMurdo e começar a despachar material. Mas tenho que dissecar uma dessas coisas antes de descansarmos. Queria ter um laboratório de verdade aqui. Melhor Dyer se culpar por tentar impedir minha viagem a oeste. Primeiro, as maiores montanhas do mundo e, depois isso. Se esse último achado não for o ponto alto de toda a expedição, não sei o que vai ser. Somos guiados pela ciência. Parabéns, Pabodie, pela perfuradora que abriu a caverna. Agora, será que o Arkham pode repetir a descrição?"

Minhas sensações e as de Pabodie ao receber esse relatório quase não podiam ser descritas, e nossos companheiros também não ficaram atrás em entusiasmo. McTighe, que havia traduzido às pressas alguns pontos altos conforme chegavam ao receptor, escreveu toda a mensagem a partir da versão taquigráfica assim que o operador de Lake desconectou. Todos apreciaram a importância da descoberta que marcava uma nova era, e mandei parabéns a Lake assim que o operador do Arkham tinha repetido a descrição como fora pedido; e meu exemplo foi seguido por Sherman, de sua estação no depósito no Estreito de McMurdo, assim como pelo Capitão Douglas, no Arkham. Mais tarde, como chefe da expedição, acrescentei algumas observações para serem retransmitidas pelo Arkham para o mundo lá fora. Claro que a ideia de descansar era absurda diante dessa empolgação, e meu único desejo era chegar ao acampamento de Lake o mais rápido possível. Fiquei desapontado quando ele mandou mensagem de que uma ventania crescente na montanha tornava o tráfego aéreo impossível.

Mas, uma hora e meia depois, recuperamos o ânimo cresceu novamente para espantar o desapontamento. Lake, em novas mensagens, informou que o transporte dos catorze espécimes para o acampamento fora completamente bem-sucedido. Foi difícil, pois as tais coisas eram bem pesadas, mas nove homens deram conta da tarefa. Agora, uma parte do grupo estava construindo às pressas um curral de neve a uma distância segura do acampamento, para onde os cães poderiam ser levados para ser alimentados de modo mais conveniente. Os espécimes foram depositados na neve dura próxima ao acampamento, com exceção de um em que Lake estava fazendo uma tentativa grosseira de dissecção.

Essa dissecção acabou sendo uma tarefa maior do que se esperava, pois, apesar do calor do fogão à gasolina na barraca recém-armada que servia como laboratório, a enganosa flexibilidade dos tecidos do espécime escolhido — um tipo robusto e intacto — não perdeu nada além da sua dureza encouraçada. Lake ficou confuso sobre como fazer as incisões necessárias sem violência destrutiva o suficiente para não abalar todas as delicadezas estruturais pelas quais procurava. É verdade que ele dispunha de mais sete espécimes perfeitos, mas eram muito poucos para usar deliberadamente, a menos que a caverna depois rendesse um suprimento ilimitado. Então, ele tirou aquele e arrastou outro que, embora tivesse resíduos dos arranjos de estrela-do-mar em ambas as extremidades, estava muito esmagado e parcialmente danificado ao longo de um dos grandes sulcos do torso.

Os resultados, rapidamente enviados pelo rádio, eram desconcertantes e provocativos. Não era possível nada como delicadeza ou precisão com instrumentos que mal conseguiam cortar o tecido anômalo, mas o pouco alcançado nos deixou espantados e desnorteados. A biologia existente teria de ser totalmente revisada, pois essa coisa não era produto de nenhum crescimento celular de que a ciência tivesse conhecimento. Mal havia tido uma reposição mineral, e, a despeito de uma era de cerca de quarenta milhões de anos, os órgãos internos estavam totalmente intactos. A característica endurecida, não deteriorável e quase indestrutível era um atributo inerente da forma de organização da coisa, e pertencia a algum ciclo paleogênico de evolução invertebrada totalmente além dos nossos poderes de especulação. A princípio, tudo o que Lake descobriu era seco, mas, conforme a barraca aquecida produzia seu efeito de degelo, uma umidade orgânica de odor pungente e agressivo foi encontrada na parte machucada da coisa. Não era sangue, e sim um fluido grosso, verde-escuro, que aparentemente servia ao mesmo propósito. No momento que Lake atingiu esse estágio, todos os trinta e sete cães tinham sido trazidos ao curral ainda em construção próximo ao acampamento, e mesmo àquela distância, estabeleceram um latido selvagem e uma demonstração de inquietude diante do cheiro acre e difuso.

Longe de ajudar a categorizar essa estranha entidade, essa dissecção preliminar acabou por aprofundar o mistério. Todas as suposições sobre seus membros externos tinham sido corretas e, diante das evidências, já não se podia hesitar em chamar a coisa de animal; mas uma inspeção interna revelou tantas evidências vegetais que Lake ficou desorientado. Ela tinha digestão e circulação, eliminava dejetos pelos tubos avermelhados de sua base em formato de estrela-do-mar. Superficialmente, podia-se dizer que seu aparelho respiratório tratava oxigênio em vez de gás carbônico, e havia estranhas provas da existência de câmaras de estocagem de ar e métodos de variar a respiração do orifício externo para pelo menos dois outros sistemas respiratórios completamente desenvolvidos — guelras e poros. Claramente, era anfíbio, e provavelmente adaptado a longos períodos de hibernação sem ar também. Órgãos vocais pareciam presentes em conexão com o sistema respiratório principal, porém apresentavam anomalias que iam além de uma solução imediata. Fala articulada, no sentido de locução de sílabas, parecia bastante improvável, mas um assobio de notas musicais cobrindo uma grande gama era altamente provável. O sistema muscular era quase prematuramente desenvolvido.

O sistema nervoso era tão complexo e altamente desenvolvido que deixou Lake horrorizado. Apesar de excessivamente primitiva e arcaica em certos aspectos, a coisa tinha um conjunto de centros ganglionares e conectivos que colocavam em discussão os extremos de desenvolvimento especializado. O cérebro de cinco lobos era surpreendentemente avançado, e havia sinais de aparato sensorial, atendido em partes pelos rijos cílios da cabeça, envolvendo fatores alheios a quaisquer outros organismos terrestres. Provavelmente tem mais de cinco sentidos, de maneira que seus hábitos não poderiam ser previstos com base em nenhuma analogia existente. Deve ter sido, Lake pensou, uma criatura de aguçada sensibilidade e funções delicadamente diferenciadas em seu mundo primitivo — muito parecida com as formigas e abelhas de hoje. Ela se reproduzia como os criptogramas vegetais, principalmente as pteridófitas, com cápsulas de esporos nas pontas das asas e evidentemente se desenvolvendo a partir de um talo ou protalo.

Mas lhe dar um nome nesse estágio era mera loucura. Ela se parecia com uma radiata, mas claramente era algo mais. Era parte vegetal, mas tinha três quartos do essencial da estrutura animal. Seu contorno simétrico e determinados atributos indicavam nitidamente que sua origem era marinha, embora não se pudesse ser exato quanto aos limites de suas adaptações posteriores. As asas, afinal, sugeriam algo aéreo. Como poderia ter passado por um processo de evolução tremendamente complexo em uma Terra recém-nascida a tempo de deixar pegadas em rochas arqueanas até então estava além da compreensão, a ponto de fazer Lake caprichosamente remeter aos mitos primitivos sobre os Grandes Antigos que se infiltraram vindo das estrelas e inventaram a vida na Terra como uma brincadeira ou por erro; e às loucas histórias de seres da colina cósmica contadas por um colega folclorista no departamento de inglês da Miskatonic.

Naturalmente, ele considerou a possibilidade de as pegadas pré-cambrianas terem sido deixadas por um ancestral menos desenvolvido dos presentes espécimes, mas rapidamente rejeitou essa teoria fácil demais após levar em conta as qualidades estruturais avançadas dos fósseis mais antigos. Ao contrário, os contornos adquiridos depois mostraram decadência em vez de evolução avançada. O tamanho do pseudopé havia diminuído, e toda a morfologia parecia grosseira e simplificada. Além do mais, os nervos e órgãos recém-examinados carregavam sugestões singulares de retrocesso de formas mais complexas. Partes atrofiadas e alguns vestígios surpreendentemente predominavam. No geral, pouco havia sido resolvido, e Lake recorreu à mitologia para um nome preliminar — jocosamente apelidando suas descobertas de Seres Antigos.

Por volta das duas e meia da manhã, após ter decidido postergar o trabalho e descansar um pouco, ele cobriu o organismo dissecado com uma lona, saiu da barraca laboratório e analisou os espécimes intactos com interesse renovado. O incessante sol antártico aqueceu os tecidos um pouco, de modo que os pontos na cabeça e os tubos de dois ou três deram sinal de abertura, mas Lake não acreditou que houvesse qualquer perigo de decomposição imediata em temperatura tão baixa. No entanto, ele colocou todos os espécimes juntos e jogou uma barraca que estava sobrando sobre eles para impedir a incidência direta dos raios solares. Isso também ajudaria a evitar que o possível odor chegasse aos cachorros, cuja hostil inquietação estava mesmo se tornando um problema, mesmo a uma distância considerável e atrás dos muros altíssimos de neve que uma cota cada vez maior de homens se apressava para erguer. Ele teve que pôr um peso de bloco de neve nos cantos da lona para segurá-la devido à ventania que só aumentava, pois as titânicas montanhas pareciam propiciar sopros bastante severos. Apreensões iniciais sobre ventos antárticos repentinos foram reavivadas, e sob a supervisão de Atwood, foram tomadas precauções para aterrar as barracas, o novo curral para os cães e os rústicos abrigos para as aeronaves do lado da montanha. Esses abrigos, iniciados com blocos duros de neve durante momentos ociosos, de maneira alguma eram tão altos quanto deveriam, e Lake finalmente largou mão de outras tarefas para se concentrar neles.

Foi depois das quatro que Lake finalmente se preparou para desconectar e nos aconselhou a compartilhar o descanso que seu equipamento teria quando os muros do abrigo estivessem um pouco mais altos. Ele conversou descontraidamente com Pabodie sobre o éter do universo e repetiu o elogio às perfuradoras que o tinham ajudado a fazer sua descoberta. Atwood também o cumprimentou e elogiou. Parabenizei Lake calorosamente, admitindo abertamente que ele estava certo sobre a jornada a oeste, e todos concordamos em fazer contato por rádio pela manhã. Se a ventania tivesse acabado até lá, Lake enviaria um avião para pegar o grupo na minha base. Pouco antes de me recolher, enviei uma mensagem final para o Arkham com instruções sobre abrandar as notícias do dia para o mundo exterior, já que os detalhes completos pareciam radicais o bastante para levantar uma onda de incredulidade até que algo mais fosse provado.

Capítulo 3

Nenhum de nós, imagino eu, dormiu muito pesado ou continuamente naquela manhã. Tanto a animação com a descoberta de Lake como a crescente fúria do vento contribuíram para isso. A explosão foi tão violenta, mesmo onde estávamos, que não pudemos evitar imaginar como devia ter sido pior no acampamento de Lake, que estava diretamente embaixo dos enormes picos desconhecidos onde ocorreu. McTighe estava acordado às dez horas e tentou falar com Lake pelo rádio, conforme combinado, mas algum problema elétrico na direção oeste pareceu impedir a comunicação. Conseguimos, no entanto, comunicar-nos com o Arkham, e Douglas contou que eles também haviam tentado, em vão, falar com Lake. Ele não sabia sobre o vento, pois estava bem fraco no Estreito de McMurdo, apesar da fúria persistente onde estávamos.

Durante o dia, todos nós ficamos ouvindo ansiosos e tentamos contato com Lake de tempos em tempos, porém sem sucesso. Por volta de meio-dia, um frenesi de vento veio do oeste, fazendo-nos temer pela segurança do acampamento, mas acabou arrefecendo, com apenas uma moderada reincidência às duas da tarde. Depois das três horas, tudo ficou muito silencioso, e dobramos nossos esforços para contatar Lake. Pensando que tínhamos quatro aeronaves, cada uma aparelhada com excelente equipamento de ondas curtas, não conseguíamos imaginar qualquer acidente que pudesse paralisar toda a comunicação por rádio de uma vez. Entretanto, o silêncio pétreo continuou, e quando pensamos na força descomunal que o vento deveria ter exercido na área em que ele estava, não conseguimos evitar fazer as previsões mais catastróficas.

Às seis horas, nossos medos já haviam se tornado intensos e definitivos, e após uma consulta pelo rádio com Douglas e Thorfinnssen, decidi investigar. A quinta aeronave, que tínhamos deixado no depósito do Estreito de McMurdo com Sherman e dois marinheiros, estava em bom estado e pronta para ser usada, e parecia que a emergência para a qual ela havia sido guardada tinha chegado. Falei com Sherman pelo rádio e pedi que ele se juntasse a mim com o avião e os dois marinheiros na base sul o mais rápido possível, já que as condições do ar estavam aparentemente bastante favoráveis. Então, discutimos com a equipe sobre o iminente grupo de investigação e decidimos que iríamos incluir todos, assim como os trenós e cães que eu tinha mantido comigo. Mesmo uma carga tão grande não seria demais para um dos enormes aviões construídos para transporte de maquinário pesado. De tempos em tempos, eu ainda tentava contato com Lake pelo rádio, mas sempre em vão.

Sherman, com os marinheiros Gunnarsson e Larsen, decolou às sete e meia e reportou voo tranquilo em diversos momentos do trajeto. Eles chegaram à nossa base à meia-noite, e todos juntos discutimos o próximo passo. Era um negócio arriscado sobrevoar o continente antártico em um único avião sem nenhuma linha de base, mas ninguém recuou do que parecia ser a mais pura necessidade. Nós nos retiramos às duas horas para um rápido descanso após um carregamento preliminar do avião, mas estávamos de pé novamente dentro de quatro horas para terminar o carregamento e empacotamento do que levaríamos.

Às sete e quinze da manhã do dia 25 de janeiro, iniciamos um voo na direção nordeste sob o comando de McTighe, com dez homens, sete cães, um trenó, combustível e comida, além de outros itens que incluíam o equipamento de rádio do avião. O tempo estava limpo, bastante tranquilo, e a temperatura relativamente amena, e prevemos poucos problemas para alcançar a latitude e longitude designadas por Lake como o local de seu acampamento. Nossas apreensões eram quanto ao que poderíamos encontrar, ou não encontrar, ao fim da nossa jornada, pois as mensagens que enviávamos ao acampamento ainda eram respondidas com silêncio.

Todo incidente daquele voo de quatro horas e meia está gravado na minha memória em virtude de sua posição crucial na minha vida. Ele marcou a perda, aos 54 anos, de toda aquela paz e equilíbrio que a mente normal tem por meio de sua concepção habitual da natureza externa e das leis da natureza. Daí em diante, nós dez — exceto o aluno Danforth e eu, principalmente — encontraríamos um mundo terrivelmente ampliado de horrores à espreita que nada pode apagar de nossas emoções, e que evitaríamos dividir com a humanidade em geral, se pudéssemos. Os jornais divulgaram os boletins que enviamos do avião em voo, contando de nossa jornada ininterrupta, nossas duas batalhas com ventanias traiçoeiras, o lampejo que tivemos da superfície fendida onde Lake tinha afundado a haste que marcava o meio de sua viagem há três dias e nossa visão de um grupo daqueles estranhos cilindros macios de neve observados por Amundsen e Byrd enquanto rolavam ao vento pela planície infinita e congelada. Chegou um ponto, no entanto, em que nossas sensações não podiam ser expressas em palavras que a imprensa fosse compreender, e um ponto ainda depois em que tivemos de adotar uma regra real de rígida censura.

    O marinheiro Larsen foi o primeiro a espiar a linha recortada de cones e topos que lembravam bruxaria logo em frente, e seus gritou fizeram com que todos corressem para as janelas do avião. Apesar da nossa rapidez, eles demoraram a ganhar proeminência; logo soubemos que deveriam estar infinitamente longe, e visíveis apenas devido à sua altura anormal. Aos poucos, entretanto, iam surgindo implacavelmente no céu do oeste; permitindo que distinguíssemos vários picos desnudos, sombrios, escuros, e que compreendêssemos o curioso senso de fantasia que eles inspiravam quando vistos na luz avermelhada do continente antártico em contraposição com o fundo provocativo de nuvens iridescentes. No espetáculo todo havia uma pista persistente, pervasiva, de estupendo segredo e potencial revelação. Era como se essas espirais de pesadelo, cruas, marcassem as torres de uma terrível passagem para esferas proibidas de sonho e complexos abismos de tempo, espaço e ultradimensionalidade remotos. Não pude evitar sentir que eram coisas malignas — montanhas da loucura cujas distantes colinas olhavam por cima de alguns abismos amaldiçoados. Aquele pano de fundo de nuvem em ebulição, meio luminosa, carregava sugestões inefáveis de um lugar além vago, etéreo, muito mais do que terrestremente espacial, e emitia lembretes tenebrosos de completo isolamento, separação e desolação desse mundo austral há muito tempo morto, inexplorado e incompreendido.

NAS MONTANHAS DA LOUCURA

Foi o jovem Danforth quem chamou a nossa atenção para a curiosa regularidade do contorno mais alto da montanha — regularidade com fragmentos pendentes de cubos perfeitos, que Lake havia mencionado em suas mensagens, e que de fato justificavam sua comparação com as alusões oníricas de ruínas de templos primordiais em topos nebulosos de montanhas asiáticas, pintadas de maneira tão sutil e estranha por Roerich. Havia mesmo algo assustador ao estilo do Roerich nesse continente sobrenatural de montanhoso mistério. Eu havia sentido isso em outubro, quando primeiro avistei a Terra de Vitória, e sentia de novo agora. Também sentia outra onda de perturbadora consciência das semelhanças arqueanas míticas; de como esse reino letal correspondia de modo perturbador ao perversamente afamado platô de Leng nos escritos primevos. Mitólogos haviam localizado Leng na Ásia Central, mas a memória racial do homem — ou de seus predecessores — é longa, e pode muito bem ser que determinadas histórias tenham vindo de terras, montanhas e templos de horror anteriores à Ásia e a qualquer mundo humano conhecido por nós. Uns poucos místicos ousados sugeriram uma origem pré-Pleistoceno aos fragmentários Manuscritos Pnakóticos, e insinuaram que os devotos de Tsathoggua eram alienígenas, assim como os Tsathoggua. Leng, seja qual for o lugar ou tempo em que surgiu, não é uma região onde eu me importaria de estar, tampouco da qual me importaria de chegar perto; nem desfrutei da proximidade de um mundo que já tenha gerado tais ambiguidades e monstruosidades arqueanas como aquelas que Lake acabara de mencionar. Naquele momento, lamentei que tivesse lido *Necronomicon* ou conversado tanto com o desagradável folclorista erudito Wilmarth na universidade.

Esse clima, sem dúvida, serviu para agravar minha reação à miragem bizarra que surgia sobre nós do zênite cada vez mais opalescente conforme íamos nos aproximando das montanhas e começávamos a avistar as crescentes ondulações nos sopés. Eu havia visto dezenas de miragens polares durante as semanas anteriores, algumas tão desconcertantes e fantasticamente vívidas como as que vislumbrava agora; porém essa tinha uma qualidade completamente nova e obscura de um simbolismo ameaçador, e estremeci quando o agitado labirinto de fabulosos muros, torres e minaretes emergiu dos turbulentos vapores de gelo sobre nossa cabeça.

O efeito foi o de uma cidade ciclópica com arquitetura desconhecida a qualquer homem ou imaginação humana, com vastas agregações de alvenaria escura como a noite que incorporavam perversões monstruosas de leis geométricas. Havia cones truncados, às vezes avarandados ou acanelados, superados por altos eixos cilíndricos aqui e ali, aumentados pelos bulbos e muitas vezes cobertos por camadas de discos finíssimos em formato de vieira; e construções como mesas estranhamente projetadas que sugeriam pilhas de placas retangulares numerosas, pratos circulares ou estrelas de cinco pontas, cada uma se sobrepondo à que vinha logo abaixo. Havia cones mistos e pirâmides sozinhas ou transpondo cilindros, cubos ou ainda outros cones e pirâmides truncadas mais planas, e ocasionais pináculos iguais a agulhas em grupos de cinco. Todas essas estruturas febris pareciam costuradas juntas por pontos tubulares cruzando de uma para a outra a uma altura atordoante, e a escala deduzida da coisa toda era aterrorizadora e opressiva em seu absoluto gigantismo. O tipo geral de miragem não diferia de algumas formas mais selvagens observadas e desenhadas pelo caçador de baleias do ártico Scoresby em 1820, mas nessa época e local, com aqueles picos de montanha escuros e desconhecidos emergindo estupendos à frente, aquela descoberta do mundo antigo anômalo em nossa mente e o manto de provável desastre envolvendo a maior parte da nossa expedição, todos parecemos encontrar nisso uma mancha de malignidade latente e um presságio infinitamente ruim.

Fiquei feliz quando a miragem começou a se desfazer, embora no processo os vários torreões e cones do pesadelo tenham assumido formas distorcidas, temporárias, de monstruosidade ainda maior. Conforme toda a ilusão se dissolvia em uma agitação opalescente, passamos a olhar em direção ao continente de novo e vimos que o fim da nossa jornada não estava tão distante. As montanhas desconhecidas bem à nossa frente cresciam a uma altura estonteante como uma temível muralha de gigantes, sua curiosa regularidade se mostrando com surpreendente clareza mesmo sem um campo de vidro. Estávamos sobre o sopé mais baixo agora e podíamos ver, por entre a neve, o gelo e partes de terra desnudas do platô, dois pontos escuros que entendemos ser o acampamento e a perfuradora de Lake. Os pés de montanha mais altos subiam a cinco ou seis milhas, formando uma cadeia quase distinta da terrível linha de picos mais altos do que o Himalaia atrás deles. Finalmente, Ropes — o aluno que havia ajudado McTighe no controle — começou a baixar a aeronave em direção ao ponto escuro do lado esquerdo cujo tamanho indicava ser o acampamento. Conforme ele realizava o procedimento, McTighe enviava a última mensagem de rádio não censurada que o mundo receberia da nossa expedição.

Todos, claro, leram os boletins breves e insatisfatórios do resto da nossa estada antártica. Algumas horas após nosso pouso, enviamos um relatório cauteloso da tragédia que encontramos, e relutantemente anunciamos o desaparecimento de toda a equipe de Lake, causado pela terrível ventania do dia anterior ou da noite de véspera dele. Onze foram decretados mortos, e o jovem Gedney estava desaparecido. As pessoas perdoaram nossa nebulosa falta de detalhes ao levar em conta o estado de choque em que o triste acontecimento devia ter nos deixado, e acreditaram em nós quando explicamos que a ação mutiladora do vento havia deixado todos os onze corpos impróprios para serem transportados dali. Eu me sinto lisonjeado, na verdade, que mesmo em meio a essa desgraça, total perplexidade e arrebatador horror, dificilmente fomos além da verdade em algum momento específico. A tremenda importância está no que não ousamos contar; no que eu não contaria agora exceto para alertar outros sobre esses horrores inomináveis.

Era fato que a ventania havia trazido terrível dano. Se todos teriam conseguido sobreviver a isso, mesmo sem a outra coisa, é totalmente incerto. A tempestade, com sua fúria de partículas de gelo loucamente deslocadas, deve estar além de qualquer cosia que nossa expedição tenha encontrado antes. Uma parede-abrigo de aeronave, pelo que parece, havia sido deixada em um estado frágil e desproporcional demais — estava quase pulverizada — e o guindaste na perfuradora mais distante estava em pedaços. O metal exposto dos aviões encalhados e do maquinário de perfuração estava danificado na camada mais profunda do verniz, e duas das barracas pequenas ficaram achatadas, apesar de aterradas na neve. Superfícies de madeira deixadas no detonador ficaram esburacadas e perderam a pintura, e todos os sinais de trilha na areia foram completamente apagados. Também é verdade que não encontramos nenhum dos elementos biológicos arqueozoicos em condição de ser levado integralmente. Recolhemos, sim, alguns minerais de uma enorme pilha tombada, incluindo vários fragmentos de pedra-sabão esverdeada cujo estranho formato arredondado de quatro pontas e leves padrões de pontos agrupados causaram muitas comparações duvidosas; e alguns ossos de fósseis, entre os quais estavam os espécimes mais curiosamente arruinados.

Nenhum cão sobreviveu, tendo o abrigo construído às pressas para eles próximo ao acampamento sido quase completamente destruído. O vento deve ter causado isso, embora a maior ruptura do lado mais perto do acampamento, que não estava na direção do vento, sugira que tenha sido rompido pelos próprios animais desesperados para sair. Os três trenós haviam desaparecido, e tentamos explicar que o vento podia os ter arrastado para o desconhecido. Os maquinários de perfuração e derretimento de gelo estavam seriamente danificados para se fazer qualquer garantia de salvá-los, então os usamos para bloquear aquela passagem sutilmente perturbadora para o passado, que Lake havia explodido. Do mesmo modo, deixamos no acampamento as duas aeronaves mais comprometidas, já que a equipe sobrevivente tinha apenas quatro pilotos de verdade — Sherman, Danforth, McTighe e Ropes — e Danforth estava com os nervos abalados demais para pilotar. Trouxemos de volta todos os livros, equipamento científicos e outros itens que encontramos, embora muita coisa estivesse inexplicavelmente fragmentada. Barracas e peles extras ou tinham desaparecido ou estavam em péssimo estado.

Era aproximadamente quatro da tarde, depois de um extenso voo sobrevoando a área que nos forçou a dar Gedney como desaparecido, quando enviamos nossa cautelosa mensagem para o Arkham para ser retransmitida; e acho que fizemos bem em mantê-la o mais calma e evasiva possível. O máximo que dissemos sobre a agitação foi referente aos cachorros, cuja desenfreada inquietação próxima aos espécimes biológicos era esperada, de acordo com os relatórios do pobre Lake. Não mencionamos, acredito, a demonstração da mesma inquietação quando farejavam a pedra-sabão esverdeada e outros determinados objetos na região desordenada, incluindo instrumentos científicos, aeronaves e maquinário — tanto no acampamento como na área de perfuração — cujas partes haviam sido soltas, movidas ou mesmo manipuladas por ventos que devem ter gerado singular curiosidade e questionamento.

Sobre os catorze espécimes biológicos, fomos imprecisos, mas de maneira perdoável. Dissemos que os únicos que descobrimos haviam sido danificados, mas isso foi o suficiente para provar que a descrição de Lake havia sido completa e impressionantemente precisa. Era difícil deixar nossas emoções pessoais fora disso — e não mencionamos números nem dissemos exatamente como encontramos aqueles que de fato encontramos. Àquela altura, tínhamos concordado em não transmitir nenhuma informação que sugerisse loucura da parte da equipe de Lake, e certamente parecia loucura encontrar seis monstruosidades imperfeitas cuidadosamente enterradas em pé em sepulturas de neve de nove pés debaixo de montes de cinco pontas perfurados com grupos de pontos em padrões exatamente como aqueles das estranhas pedras-sabão esverdeadas desenterradas dos períodos Mesozoico ou Terciário. Os oito espécimes perfeitos mencionados por Lake pareciam ter sido completamente destruídos.

Também fomos cuidadosos quanto a manter a paz de espírito do público, logo, Danforth e eu falamos pouco sobre aquela terrível viagem acima das montanhas no dia seguinte. Era o fato de que apenas uma aeronave extremamente leve poderia talvez cruzar uma cadeia de montanha de tal altura o que misericordiosamente limitava aquela viagem de reconhecimento a apenas nós dois. Na nossa volta à uma da manhã, Danforth estava quase histérico, mas admiravelmente conseguiu manter as aparências. Não foi preciso convencê-lo a não mostrar nossos rascunhos e as outras coisas que trouxemos em nossos bolsos, nem dizer nada mais aos outros além do que havíamos concordado em transmitir ao mundo exterior, e a esconder os filmes da nossa câmera para serem revelados posteriormente; de modo que parte da minha presente história será tão nova para Pabodie, McTighe, Ropes, Sherman e o resto quanto será para o mundo em geral. Na verdade, Danforth consegue manter a boca fechada mais do que eu, pois ele viu, ou acha que viu, algo que não conta nem mesmo para mim.

Como todos sabem, nosso relatório incluía a história de uma subida difícil — uma confirmação da opinião de Lake de que os grandes picos são de placas arqueanas e outras camadas enrugadas muito primitivas inalteradas desde meados do período Cretáceo Inferior; um comentário convencional sobre a regularidade do cubo acoplado e das formações amuralhadas; uma decisão de que as entradas das cavernas indicavam veios calcários dissolvidos; uma conjectura de que determinadas colinas e passagens permitiriam a escalada e o cruzamento de toda a cadeia por montanhistas experientes; e uma observação de que o outro lado misterioso possui um superplatô elevado e imenso tão antigo e imutável quanto as montanhas em si — vinte mil pés de elevação, com formações rochosas grotescas se projetando por uma fina camada glacial e sopés baixos e graduais entre a superfície geral do platô e os completos precipícios dos picos mais altos.

Esse conjunto de informações não deixa de ser verdade até agora em todos os aspectos, e satisfez o pessoal no acampamento completamente. Atribuímos nossa ausência de dezesseis horas — um tempo maior do que gastamos para voar, aterrissar, reconhecer e colher rochas conforme programado — a uma longa e mítica onda de condições de vento adversas, e fomos sinceros quanto a nosso pouso em sopés mais distantes. Felizmente, nossa história soou realista e prosaica o bastante para que nenhum dos outros ousasse imitar nosso voo. Se alguém tivesse tentado aquilo, eu teria usado toda a minha capacidade de convencimento para dissuadi-lo da ideia — e nem imagino o que Danforth teria feito. Enquanto estivemos fora, Pabodie, Sherman, Ropes, McTighe e Williamson haviam trabalhado firme nos dois melhores aviões de Lake, adequando-os ao uso novamente apesar de estarem sempre driblando o mecanismo operacional deles.

Decidimos carregar todos os aviões na manhã seguinte e começar a voltar à nossa velha base o mais rápido possível. Embora de forma indireta, era a maneira mais segura de nos dirigir ao Estreito de McMurdo; um voo em linha reta pelos trechos mais completamente desconhecidos do continente inóspito envolveria muitos riscos adicionais. Uma exploração posterior soava pouco viável em vista de nossa trágica dizimação e da ruína em que se encontrava nosso maquinário de perfuração. As dúvidas e os terrores que nos cercavam — que não revelamos — nos fizeram apenas desejar fugir desse mundo austral de desolação e loucura inquietante o mais célere que conseguíssemos.

Como o público sabe, nosso retorno ao mundo foi cumprido sem mais desastres. Todos os aviões alcançaram a antiga base na noite do dia seguinte — 27 de janeiro — após um rápido voo sem paradas. E, no dia 28, demos duas voltas no Estreito de McMurdo, com uma pausa muito breve, ocasionada por um leme avariado na fúria do vento sobre a plataforma de gelo antes de termos deixado o grande platô. Dentro de cinco dias, o Arkham e o Miskatonic, com todas as pessoas e equipamentos a bordo, estavam partindo do espesso campo de gelo e se dirigindo ao Mar de Ross com as zombeteiras montanhas da Terra de Vitória se erguendo a oeste contra um céu conturbado e rajadas de vento que compunham notas musicais que assustavam minha alma profundamente. Menos de quinze dias depois, deixamos a última porção de terra polar para trás e demos graças por estar longe de um reino assombrado e amaldiçoado onde a vida e a morte, o tempo e o espaço, fizeram alianças sombrias e blasfemas, nas desconhecidas eras desde o surgimento da matéria sobre a crosta de um planeta recém-resfriado.

Desde que retornamos, temos trabalhado fortemente para desencorajar qualquer expedição para a Antártida, e guardamos conosco certas dúvidas e conjecturas com esplêndido consenso e lealdade. Mesmo o jovem Danforth, com sua crise nervosa, não hesitou nem jogou conversa fiada em seus médicos — na verdade, como eu disse, tem uma coisa que ele acha que só ele viu que não conta nem mesmo a mim, embora eu pense que faria bem a seu estado psicológico se ele decidisse dizer algo. Isso pode explicar e aliviar bastante, ainda que talvez a coisa não seja mais do que uma consequência falsa de um choque anterior. Essa é a impressão que eu tive depois daqueles momentos raros e inconscientes em que ele sussurra coisas desconectadas para mim — coisas que ele repudia veementemente assim que consegue se controlar de novo.

Vai ser uma dura tarefa impedir os outros de ir para o vasto sul branco, e alguns de nossos esforços podem prejudicar diretamente nossa causa por atrair atenção. Devíamos saber desde o início que a curiosidade humana não tem fim, e que os resultados que anunciamos seriam suficientes para suscitar o desejo por mais informações na mesma e velha busca pelo desconhecido. Os relatórios de Lake sobre aquelas monstruosidades biológicas agitaram os naturalistas e paleontólogos ao extremo, embora nós fôssemos sensatos o bastante para não mostrar as partes destacadas que tínhamos removido daqueles espécimes enterrados, ou nossas fotografias dos espécimes como foram encontrados. Também resistimos a mostrar os mais intrigantes dos ossos lacerados e as pedras-sabão esverdeadas; enquanto Danforth e eu armazenamos as imagens que fotografamos ou desenhamos do superplatô ao longo da cadeia e os objetos enrugados que nivelamos, estudamos sob terror e trouxemos em nossos bolsos.

Mas, agora, o grupo Starkweather-Moore está se organizando, e com uma meticulosidade muito além da que nossa equipe alcançou. Se não forem dissuadidos, irão chegar ao núcleo mais interno do continente antártico e derreter o gelo e perfurar e revelar o que sabemos que pode acabar com o mundo. Portanto, tenho que romper todas as reticências finalmente — até mesmo com relação àquela coisa fundamental, inominada, além das montanhas da loucura.

Capítulo 4

É com enorme hesitação e repugnância que eu deixo minha mente retornar ao acampamento de Lake e ao que realmente encontramos lá — e àquela outra coisa além das montanhas da loucura. Sinto-me constantemente tentado a escamotear os detalhes, e deixar as pistas representarem fatos e deduções inevitáveis. Espero já ter dito o suficiente para me permitir deslizar brevemente sobre o resto; o resto, isto é, do horror que aconteceu no acampamento. Contei sobre o terreno devastado pelo vento, os abrigos destruídos, o maquinário todo desarranjado, as múltiplas inquietações dos nossos cães, os trenós e outros itens desaparecidos, as mortes de homens e cachorros, o sumiço de Gedney e os seis espécimes biológicos que pertenciam a um mundo morto há quarenta milhões de anos enterrados de modo irracional, com textura estranhamente mantida mesmo com todos os danos estruturais. Não me lembro se mencionei que, depois de verificar o corpo dos cães, constatamos que havia um desaparecido. Não demos muita importância a isso logo no início — na verdade, apenas Danforth e eu pensamos nisso.

Os fatos principais que tenho evitado revelar dizem respeito aos corpos, e a certos pontos sutis que podem ou não levar a um tipo de raciocínio hediondo e inacreditável do caos aparente. Na época, tentei manter a mente da equipe longe daqueles pontos, pois era muito mais simples — muito mais normal — relacionar tudo a um surto de loucura da parte da equipe de Lake. Ao que parece, aquele vento demoníaco da montanha deve ter sido suficiente para enlouquecer qualquer homem no meio desse centro de todo mistério e desolação terrena.

A suprema anormalidade, claro, era a condição dos corpos — tanto dos homens como dos cães. Todos devem ter se envolvido em algum conflito ou disputa terrível e foram retorcidos e mutilados de maneiras diabólicas e completamente inexplicáveis. A morte, pelo que podíamos julgar até aqui, tinha sido em cada caso por estrangulamento ou laceração. Os cães evidentemente iniciaram o problema, pois o estado do curral improvisado para eles é testemunha de que tentaram escapar de lá. Ele estava a alguma distância do acampamento devido à ojeriza que os animais tinham por aqueles organismos infernais do período Arqueozoico, mas a precaução parece ter sido tomada em vão. Quando deixados sozinhos à mercê daquela ventania monstruosa, atrás de frágeis muros com altura insuficiente, eles devem ter debandado — se fugindo do próprio vento ou de algum odor sutil que ia aumentando emitido pelos espécimes fantasmas não se sabe dizer.

Mas o que quer que tenha acontecido já foi hediondo e revoltante. Talvez seja melhor eu deixar os escrúpulos de lado e contar o pior de uma vez — mesmo com uma declaração de opinião categórica, baseada nas observações em primeira mão e nas mais rígidas deduções feitas tanto por Danforth como por mim, de que o desaparecido Gedney não estava de modo algum implicado nas cenas de horror abomináveis que encontramos. Eu tinha dito que os corpos estavam horrivelmente mutilados. Agora tenho que acrescentar que alguns sofreram incisões e tiveram partes removidas da forma mais curiosa, fria e desumana. O mesmo com cães e homens. Todos os corpos mais saudáveis e mais gordos, quadrúpedes ou bípedes, tiveram as porções mais sólidas de tecido cortadas e removidas, como que por um açougueiro muito cuidadoso, e em volta deles havia uma estranha pitada de sal — tirado dos devastados armários de provisões nos aviões — o que fomentava as mais horríveis associações. O negócio aconteceu em um dos improvisados abrigos de aviões de onde a aeronave havia sido arrastada, e os ventos subsequentes tinham apagado todos os rastros que pudessem levar a alguma teoria plausível. Pedaços de tecido espalhados, toscamente rasgados pelas incisões feitas nos humanos, não davam qualquer pista. É inútil trazer à tona a meia impressão de certas pegadas fracas em um canto protegido do local arruinado — porque essa impressão não dizia respeito a pegadas humanas de modo algum, e estava claramente misturada com toda a conversa sobre fósseis que o pobre Lake vinha tendo nas semanas anteriores. Tinha-se que ter cuidado com a imaginação no sota-vento daquelas superofuscantes montanhas da loucura.

Como apontei, Gedney e um cão foram dados como desaparecidos. Quando chegamos àquele terrível abrigo, tínhamos perdido dois cachorros e dois homens; mas a barraca praticamente intacta onde foram feitas as dissecações, na qual entramos depois de investigar a monstruosa sepultura, tinha algo a revelar. Não estava como Lake a havia deixado, pois as partes cobertas daquela monstruosidade primitiva tinham sido removidas da mesa improvisada. De fato, já tínhamos percebido que uma das coisas enterradas de maneira insana e imperfeita que tínhamos encontrado — aquela com o traço de odor especificamente odioso — devia representar as partes recolhidas do ser que Lake havia tentado analisar. Outras coisas foram espalhadas sobre e em volta daquela mesa de laboratório, e não demorou muito para que nós adivinhássemos que aquelas eram partes do corpo de um homem e de um cachorro que haviam sido meticulosamente, embora de forma estranha e inexperiente, dissecadas. Vou poupar os sentimentos dos sobreviventes omitindo a identidade do homem. Os instrumentos anatômicos de Lake estavam desaparecidos, mas havia provas de terem sido cuidadosamente limpos. O fogão à gasolina também havia sumido, embora perto de onde estava tenham sido encontrados curiosos resíduos de fósforos. Enterramos as partes humanas ao lado do outro homem, e as partes caninas com os outros trinta e cinco cachorros. Com relação às bizarras manchas na mesa do laboratório, e à confusão dos livros ilustrados pouco manuseados que estavam espalhados perto dela, estávamos muito perplexos para especular a respeito.

Isso formava o pior do horror no acampamento, mas outras coisas eram igualmente perturbadoras. O desaparecimento de Gedney, um único cachorro, oito espécimes biológicos não danificados, três trenós e certos instrumentos, livros ilustrados técnicos e científicos, materiais de escrita, lanternas e pilhas, comida e combustível, aquecedores, barracas extras, peles, entre outras coisas, estava completamente além de uma compreensão racional, assim como estavam as manchas espalhadas sobre determinados pedaços de papel e as evidências de que houvera curiosa experimentação atrapalhada com os aviões e todos os outros dispositivos mecânicos tanto no acampamento como na área de perfuração. Os cães pareciam abominar esse maquinário estranhamente desordenado. Então, houve também o tombamento da despensa, o desaparecimento de alguns itens básicos e a pilha chocantemente cômica de latas de alumínio abertas das maneiras mais improváveis e nos mais improváveis lugares. A profusão de palitos de fósforos espalhados, intactos, quebrados ou riscados, configurava outro enigma, porém menor — assim como os dois ou três pedaços de tecidos e peles que foram encontrados no chão com cortes peculiares e pouco ortodoxos, talvez em consequência de desajeitados esforços de inimagináveis adaptações. O mau tratamento que foi dado aos corpos humanos e caninos e o insano enterro dos espécimes arqueozoicos danificados estavam em consonância com essa aparente loucura fragmentária. Diante de uma eventualidade como a presente, fotografamos cuidadosamente todas as principais provas de desordem alucinada no acampamento; e usaremos as marcas para dar suporte a nosso apelo contra a Expedição Starkweather-Moore.

Nossa primeira ação depois de encontrar os corpos no abrigo foi fotografar e abrir a fileira de sepulturas despropositadas com os montículos de neve de cinco pontas. Era impossível não notar a semelhança desses monstruosos montículos, com seus pontos agrupados, às descrições que o pobre Lake fizera das estranhas e esverdeadas pedras-sabão. E, quando vimos algumas das pedras sobre a grande pilha mineral, constatamos a grande similaridade. A formação como um todo, deve ficar claro, insinuava abominavelmente a cabeça de estrela-do-mar dos seres arqueozoicos, e concordamos que essa indicação devia ter causado grande efeito nas mentes sensibilizadas do grupo já fatigado de Lake.

Pois a loucura — centrando em Gedney como o único agente que possivelmente tenha sobrevivido — foi a única explicação espontaneamente adotada por todo mundo que até aqui se pronunciou, embora eu não vá ser tão ingênuo ao ponto de negar que cada um de nós pode ter acalentado os mais arriscados palpites que a sanidade o proibiu de formular completamente. De manhã, Sherman, Pabodie e McTighe fizeram uma exaustiva viagem de avião por toda a região no entorno, varrendo o horizonte com binóculos à procura de Gedney e das diversas coisas desaparecidas, mas nada apareceu. O grupo reportou que a enorme cadeia se estendia infinitamente tanto para a direita como para a esquerda, sem qualquer diminuição de altura ou estrutura essencial. Sobre alguns picos, no entanto, o cubo regular e as formações de muralhas eram mais robustas e simples, exibindo fantásticas semelhanças com as ruínas montanhosas asiáticas pintadas por Roerich. A distribuição de enigmáticas entradas de cavernas nos cumes escuros desprovidos de neve parecia vagamente uniforme pela extensão da cadeia que se conseguia enxergar.

Apesar de todos os horrores que vigoravam, conseguíamos recorrer a um claro entusiasmo científico e espírito de aventura para admirar o reino desconhecido por trás daquelas montanhas misteriosas. Como nossas cautelosas mensagens diziam, nós nos recolhemos à meia-noite depois de nosso dia de terror e perplexidade — mas não sem traçar um plano provisório para um ou mais voos sobre a cadeia de montanha em um avião com menos peso, uma câmera e equipamento geológico, começando já na manhã seguinte. Ficou decidido que Danforth e eu tentaríamos primeiro, então acordamos às sete da manhã para fazer um voo logo cedo. Entretanto, ventos fortes — mencionados em nosso breve boletim ao mundo exterior — atrasaram nossa partida até cerca das nove horas.

Já repeti a história evasiva que contamos aos homens no acampamento — e retransmitimos para fora — após nosso retorno dezesseis horas depois. Agora é minha a terrível tarefa de ampliar esse relato preenchendo os penosos vazios com pitadas do que realmente vimos no escondido mundo transmontano — pitadas das revelações que por fim levaram Danforth a um colapso nervoso. Queria que ele dissesse alguma palavra verdadeiramente franca sobre o que acha que só ele viu — mesmo que provavelmente seja um delírio nervoso — e que talvez tenha sido a gota d'água para deixá-lo como está, mas ele se opõe totalmente a isso. Tudo que posso fazer é repetir seus posteriores sussurros desconexos sobre o que o fez gritar enquanto o avião voava de volta pela passagem da montanha torturada pelo vento após aquele choque real e tangível que eu também dividi. Isso vai compor minha última palavra. Se os claros sinais de que sobreviver a antigos horrores contidos no que eu revelo não forem o suficiente para impedir que outros se embrenhem no interior antártico — ou pelo menos que não mergulhem tão profundamente debaixo da superfície dos mais completos segredos proibidos e daquela desolação desumana e amaldiçoada — a responsabilidade por males inomináveis, e talvez imensuráveis, não será minha.

Danforth e eu, estudando as anotações feitas por Pabodie no seu voo vespertino e checando com um sextante, havíamos calculado que a passagem disponível mais baixa na cadeia ficava mais ou menos à nossa direita, visível do acampamento, e cerca de 23 mil ou 24 mil pés acima do nível do mar. Então, para esse ponto nós primeiro nos dirigimos no avião com peso reduzido para nosso voo de exploração e descoberta. O acampamento em si, nos sopés que surgiam em uma planície continental alta, estava a cerca de 12 mil pés de altitude, logo, o acréscimo de altura necessário não era tão vasto como podia parecer. No entanto, percebemos o ar rarefeito e o frio mais intenso conforme subíamos, pois, devido a condições de visibilidade, tínhamos de deixar as janelas da cabine abertas. Claro que estávamos vestindo nossas roupas de pele mais grossas.

Conforme nos aproximávamos dos picos proibidos, sombrios e sinistros sobre a linha de neve cortada por uma fenda e glaciares intersticiais, percebemos cada vez mais formações curiosamente regulares se agarrando aos declives, e pensamos de novo nas estranhas pinturas asiáticas de Nicholas Roerich. A camada de rocha antiga e desgastada pelo vento batia totalmente com os boletins de Lake, e provava que esses topos vinham subindo da mesmíssima maneira desde um tempo surpreendentemente antigo na história da Terra — talvez mais de cinquenta milhões de anos. Era inútil tentar adivinhar quão mais altos eles já haviam sido, mas tudo envolvendo essa estranha região apontava a influências atmosféricas obscuras desfavoráveis à mudança e calculadas para retardar o processo climático comum de desintegração rochosa.

Mas era o emaranhado de cubos regulares, muralhas e entradas de cavernas na lateral da montanha que mais nos fascinava e perturbava. Eu os estudei com um binóculo e tirei fotos aéreas enquanto Danforth dirigia, e, em alguns momentos, revezava o controle da aeronave com ele — não obstante meu conhecimento de aviação fosse puramente de um amador — para deixá-lo usar o binóculo. Era fácil ver que o material de que eram compostos era um luminoso quartzito arqueozoico, diferente de qualquer formação visível sobre as amplas áreas da superfície em geral, e que tinha extrema e assombrosa regularidade a um ponto que o pobre Lake mal havia captado.

Como ele havia dito, as bordas estavam enrugadas e arredondadas por incontáveis eras de desgaste selvagem, mas sua solidez sobrenatural e rígido material os salvaram do desaparecimento. Muitas partes, especialmente aquelas próximas às encostas, pareciam idênticas em conteúdo às superfícies rochosas ao redor. Todo o arranjo se assemelhava com as ruínas de Machu Picchu, nos Andes, ou com as fundações primitivas dos muros de Quixe quando foram desenterradas pela Expedição Oxford Field Museum, em 1929, e tanto Danforth como eu obtivemos aquela impressão ocasional dos blocos ciclópicos que Lake havia atribuído a seu companheiro de voo Carroll. Como dar conta dessas coisas nesse lugar estava, francamente, além da minha capacidade, e me senti estranhamente humilde como geólogo. Formações vulcânicas com frequência apresentam regularidades peculiares — como a Calçada dos Gigantes, na Irlanda — mas essa estupenda cadeia, apesar de Lake originalmente ter suspeitado de cones fumegantes, era, acima de tudo, não vulcânica na estrutura aparente.

As curiosas entradas de cavernas, perto das quais as esquisitas formações pareciam mais abundantes, apresentavam outro — apesar de menor — enigma, em razão da regularidade de seu contorno. Com frequência elas eram, como o boletim de Lake havia informado, aproximadamente quadradas ou semicirculares, como se os orifícios naturais tivessem sido ajustados para uma simetria maior por alguma mão mágica. A distribuição numerosa e vasta era notável, e sugeria que toda a região se assemelhava a um favo de mel com túneis oriundos da camada de calcário. Vislumbres como os que obtivemos não permitiam que víssemos muito além dentro das cavernas, mas enxergamos que aparentemente elas estavam livres de estalactites e estalagmites. Do lado de fora, aquelas partes das encostas das montanhas adjacentes às aberturas se mostravam invariavelmente lisas e regulares, e Danforth pensou que as leves rachaduras e furos provenientes do desgaste tendiam para um padrão incomum. Tomado pelos horrores e estranhezas descobertos no acampamento como estava, ele intuiu que os furos se pareciam vagamente com aqueles pontos intrigantes agrupados e espalhados pelas primitivas e esverdeadas pedras-sabão, tão hediondamente duplicadas nos montículos de neve loucamente concebidos sobre aquelas seis monstruosidades enterradas.

Subimos gradativamente voando sobre os mais altos sopés e ao longo da passagem relativamente baixa que havíamos escolhido. Conforme avançávamos, ocasionalmente olhávamos para baixo para a neve e o gelo na rota terrestre, imaginando se poderíamos ter tentado fazer essa viagem com o equipamento mais simples dos primeiros dias. Um pouco para nossa surpresa, vimos que o terreno estava longe de ser complicado e que, apesar das fendas e de outros pontos ruins, não seria possível deter os trenós de um Scott, um Shackleton ou um Amundsen. Alguns dos glaciares pareciam levar a passagens expostas ao vento com inusitada continuidade, e, ao atingir a passagem que escolhemos, descobrimos que não era exceção.

Nossas sensações de tensa expectativa enquanto nos preparávamos para contornar o topo e examinar o mundo jamais explorado mal podem ser descritas em papel; mesmo que não tivéssemos motivo para considerar as regiões além da cadeia de montanha essencialmente diferentes daquelas já vistas e transpostas. O toque de mistério maligno nessas montanhas, e no céu opalino que acenava por entre os cumes, era um assunto altamente sutil e atenuado que não podia ser explicado em palavras com sentido literal. Mais provavelmente era algo de vago simbolismo psicológico e associação estética — misturada com poesia e pinturas exóticas, e com mitos arcaicos espreitando em livros banidos e proibidos. Até o fardo do vento carregava uma tensão peculiar de malignidade consciente, e por um segundo pareceu que o som multifacetado incluía um assobio ou uma flauta bizarra sobre um amplo alcance enquanto a explosão varria para dentro e para fora das onipresentes e ressonantes entradas das cavernas. Havia uma nota enevoada de reminiscente repulsa nesse som, tão complexo e deslocado quanto qualquer uma das outras obscuras impressões.

Agora estávamos, depois de uma lenta subida, a uma altura de 23.570 pés, de acordo com o aneroide, e tínhamos deixado a região de neve grudenta abaixo de nós. Aqui em cima só havia encostas rochosas escuras e nuas e o início de glaciares com nervuras irregulares — mas com aqueles cubos, muralhas e ecoantes bocas de cavernas provocativas para acrescentar um presságio do sobrenatural, do fantástico, do onírico. Olhando ao longo da linha dos altos picos, pensei que pudesse ver aquele mencionado por Lake, com uma muralha exatamente no topo. Parecia estar meio perdido numa estranha neblina comum ao continente — névoa que talvez tenha sido responsável pela ideia inicial de Lake de que se tratasse de vulcanismo. A passagem surgiu bem diante de nós, estável e varrida pelo vento entre suas torres recortadas e malignamente enrugadas. Além dela havia um céu agitado com vapores circulares e iluminado pelo baixo sol polar — o céu daquele reino distante e misterioso sobre o qual sentimos que nenhum olhar jamais havia pousado.

Alguns pés a mais de altitude e contemplaríamos aquele universo. Danforth e eu, incapazes de falar exceto por meio de gritos entre os uivos e assobios do vento que corria pela passagem e se somava ao barulho dos motores descobertos, trocamos olhares eloquentes. E então, após subir aqueles últimos pés, fitamos embasbacados aquela memorável clivagem e os segredos não experimentados de uma terra antiga e completamente estrangeira.

Capítulo 5

Acredito que nós dois gritamos ao mesmo tempo em um misto de espanto, admiração, terror e descrença em nossos próprios sentidos enquanto finalmente transpúnhamos a passagem e víamos o que jazia além. Claro que devemos ter tido alguma teoria natural na nossa cabeça para estabilizar nossas faculdades por um momento. Provavelmente consideramos aquilo como as pedras grotescamente desgastadas do Jardim dos Deuses, no Colorado, ou as rochas simetricamente esculpidas pelo vento no deserto do Arizona. Talvez tenhamos até considerado aquela vista uma miragem igual à que havíamos vislumbrado na manhã anterior, quando primeiro nos aproximamos das montanhas da loucura. Devemos ter recorrido a tais ideias quando nossos olhos varreram aquele infinito platô marcado por tempestades e perceberam o labirinto quase sem fim de massas de pedras colossais, regulares e geometricamente eurrítmicas que edificavam seus cumes amassados e esburacados sobre um lençol glacial de não mais que quarenta ou cinquenta pés de profundidade na parte mais grossa, e em locais obviamente mais finos.

O efeito da monstruosa vista era indescritível, pois alguma violação diabólica da desconhecida lei natural parecia certeira no início. Aqui, em um demoníaco planalto antigo de vinte mil pés de altura, e um clima fatal para habitação desde eras anteriores à existência humana não menos do que quinhentos mil anos atrás, estendia-se quase ao limite da visão um emaranhado de pedras sistematicamente ordenadas que somente o desespero de autodefesa mental poderia atribuir a alguma causa que não fosse consciente e artificial. Havíamos dispensado previamente, no que diz respeito a pensamento sério, qualquer teoria de que os cubos e muralhas das laterais da montanha fossem qualquer coisa que não de origem natural. Como poderiam ser diferentes, quando o próprio homem mal poderia ter sido diferenciado dos grandes símios na época em que essa região sucumbiu ao presente reino intacto de morte glacial?

No entanto, agora o domínio da razão parecia irrefutavelmente abalado, pois essa confusão ciclópica de blocos quadrados, curvos e angulares tinha características que eliminavam qualquer refúgio confortável. Muito claramente, era a blasfema cidade da miragem na mais absoluta, objetiva e inelutável realidade. Aquele maldito presságio havido tido uma base material afinal — houvera algumas camadas horizontais de pó de gelo no ar das altitudes, e essa chocante pedra sobrevivente havia projetado sua imagem através das montanhas de acordo com as leis simples de reflexão. Claro, o espectro havia sido revirado e exagerado, e havia contido coisas que a fonte real não continha; mesmo agora, que vimos a fonte real, nós a consideramos ainda mais hedionda e ameaçadora do que sua imagem distante.

Apenas a enormidade inacreditável e desumana dessas vastas torres e muralhas de pedra havia salvado os seres terríveis de completa aniquilação nas centenas de milhares — talvez milhões — de anos que ali pairaram em meio às explosões de um planalto desolado. "Corona Mundi – Teto do Mundo"....Todo tipo de frase fantástica pululou nos nossos lábios enquanto olhávamos para baixo com vertigem diante no inacreditável espetáculo. Pensei de novo nos mitos primitivos ancestrais que com tanta persistência tinham me assombrado desde minha primeira visão desse mundo inerte — do demoníaco platô de Leng, do Mi-Go, ou abomináveis homens das neves do Himalaia, dos Manuscritos Pnakóticos com suas implicações pré-humanas, do culto de Cthulhu, do *Necronomicon*, das lendas hiperbóreas dos amorfos Tsathoggua, e do pior, a prole estelar sem forma associada a essa semientidade.

Por infinitas milhas em todas as direções o negócio se esticava com bem pouco desbastamento; de fato, conforme nossos olhos o acompanhavam para a direita ou para a esquerda ao longo da base dos sopés baixos e graduais que o separavam da verdadeira borda da montanha, decidimos que não conseguíamos ver desbastamento algum, exceto por uma interrupção à esquerda da passagem pela qual havíamos ali chegado. Havíamos simplesmente atingido, a esmo, uma parte limitada de algo de extensão incalculável. Os sopés estavam mais esparsamente salpicados de grotescas estruturas de pedra, ligando a terrível cidade aos terríveis cubos e muralhas já familiares que evidentemente formavam seus postos avançados na montanha. Estes últimos, assim como as esquisitas bocas de cavernas, eram espessos tanto no interior como no exterior das montanhas.

Na maior parte, o labirinto de pedras sem nome consistia em muros que iam de dez pés a cento e cinquenta pés de altura, e de uma espessura variando de cinco a dez pés. Era composto majoritariamente de blocos imensos de ardósia, xisto e arenito escuros e originários — blocos de 4 x 6 x 8 pés, em muitos casos — embora em muitos lugares parecia ter sido esculpido a partir de uma rocha de ardósia pré-cambriana sólida e irregular. As construções estavam longe de ser de igual tamanho, havendo inúmeros arranjos em formato de colmeia de enorme extensão, assim como estruturas menores separadas. O formato geral dessas estruturas tendia a ser cônico, piramidal ou avarandado, ainda que houvesse muitos cilindros perfeitos, cubos perfeitos e aglomerados de cubos, além de outras formas retangulares, e construções angulares peculiarmente espalhadas cujas plantas baixas de cinco pontas grosseiramente sugeriam fortificações modernas. Os construtores haviam feito uso constante e especializado do princípio do arco, e provavelmente haviam existido domos nos dias de glória da cidade.

O emaranhado como um todo estava drasticamente desgastado, e a superfície glacial de onde as torres se projetavam estava cheia de blocos caídos e destroços imemoriais. Onde a glaciação era transparente conseguíamos ver as partes mais baixas das gigantescas pilhas, e notamos as pontes de pedra preservadas pelo gelo que conectavam as diferentes torres a distâncias variadas sobre o solo. Nos muros expostos pudemos detectar locais desfigurados onde outras pontes maiores do mesmo tipo tinham existido. Uma inspeção mais de perto revelou inúmeras janelas grandes, algumas das quais estavam fechadas com obturadores de um material petrificado que originalmente fora madeira, embora a maioria se escancarasse de um modo sinistro e ameaçador. Muitas das ruínas, claro, não tinham teto, e os formatos irregulares eram arredondados; já outras, de um modelo mais incisivamente cônico ou piramidal ou, ainda, protegidas por estruturas mais altas no entorno, preservavam contornos intactos, apesar do desmoronamento e da corrosão onipresentes. Com o binóculo especial mal conseguíamos decifrar o que pareciam ser decorações esculturais em faixas horizontais — decorações que incluíam aqueles grupos curiosos de pontos cuja presença nas pedras-sabão antigas agora assumia uma importância muito maior.

Em muitos lugares, as construções estavam totalmente arruinadas e a camada de gelo profundamente devastada por diversas causas. Em outros locais a cantaria estava desgastada até o nível da glaciação. Uma faixa ampla, estendendo-se do interior do platô até uma fenda nos sopés cerca de uma milha à esquerda da passagem que tínhamos transposto, estava completamente livre de construções. Provavelmente representava, concluímos, o curso de algum grande rio que no período Terciário — milhões de anos atrás — havia inundado a cidade e prodigiosos abismos subterrâneos da grande cadeia de montanha. Certamente, acima de tudo essa foi uma região de cavernas, golfos e segredos escondidos além do alcance humano.

Analisando nossas sensações no momento, e retomando nosso choque ao vislumbrar essa sobrevivente monstruosa de eras que julgáramos pré-humanas, só posso imaginar que mantivemos uma aparência de equilíbrio, o que realmente fizemos. Claro que sabíamos que algo — cronologia, teoria científica ou nossa própria consciência — estava completamente errado; ainda assim, agimos com serenidade suficiente para pilotar o avião, observar várias coisas muito detalhadamente e tirar uma série muito cuidadosa de fotografias que bem podem servir a nós e ao mundo. No meu caso, o enraizado hábito científico pode ter ajudado, pois, acima de toda a minha perplexidade e do senso de ameaça, ardia uma curiosidade dominante para compreender mais desse segredo antigo — para saber que tipos de seres haviam construído e vivido nesse lugar incalculavelmente gigantesco, e qual relação uma concentração de vida tão única poderia ter tido com o mundo em geral do seu tempo ou de outros tempos.

Pois não se tratava de uma cidade ordinária. Ela deve ter formado o núcleo e cento primário de algum capítulo arcaico e inacreditável da história da Terra, cujas ramificações para o exterior, retomadas apenas vagamente nos mitos mais obscuros e distorcidos, haviam desaparecido completamente em meio ao caos de convulsões terrenas muito antes de a raça humana como conhecemos ter surgido a partir dos símios. Aqui se esparramava uma megalópole do Paleogeno comparada com a qual as fictícias Atlantis e Lemúria, Commoriom e Uzuldaroum, e Olathoc, na terra de Lomar, seriam coisas recentes de hoje — nem mesmo de ontem; uma megalópole equiparada com blasfêmias pré-humanas sussurradas como Valúsia, R'lyeh, Ib, na terra de Mnar, e a cidade sem nome de Arábia Deserta. Conforme voávamos sobre aquele emaranhado de acentuadas torres titânicas, minha imaginação às vezes fugia a todas as fronteiras e saía a esmo para reinos de fantásticas associações — até criando laços entre esse mundo perdido e algum dos meus sonhos mais bárbaros relacionados ao horror visto no acampamento.

O tanque de combustível do avião, com o intuito de reduzir ao máximo o peso, havia sido enchido apenas parcialmente; logo, agora tínhamos que ter muita precaução em nossas explorações. Mesmo assim, conseguimos cobrir uma enorme extensão de terra — ou melhor, de ar — após descer a um nível em que o vento se tornou quase insignificante. Parecia não haver limite para a cadeia de montanha ou a dimensão da assustadora cidade de pedra que chegava aos sopés internos. Cinquenta milhas de voo em cada direção não mostraram grandes mudanças no labirinto de rochas e tijolos que ia se movendo pelo gelo eterno como um cadáver. No entanto, havia algumas diversificações altamente fascinantes, como o cânion esculpido onde aquele largo rio outrora penetrou o sopé das colinas e se aproximou de seu local de afundamento na cadeia de montanha. Os promontórios na entrada do riacho haviam sido audaciosamente esculpidos nas torres ciclópicas, e algo nos desenhos inclinados em forma de barril incitava vagas, odiosas e confusas lembranças incompletas em Danforth e em mim.

Também nos deparamos com vários espaços abertos em formato de estrela, evidentemente praças públicas, e notamos diversas ondulações no terreno. Onde se erguia uma íngreme colina geralmente havia uma construção de pedras desconexas escavadas, mas havia ao menos duas exceções. Destas, uma estava danificada demais para revelar o que estivera em saliente eminência e a outra ainda apresentava um fantástico monumento cônico esculpido da rocha sólida e vagamente lembrando coisas como a famosa Tumba da Serpente, no antigo vale de Petra.

Voando para dentro do continente a partir das montanhas, descobrimos que a cidade não era infinita, embora sua dimensão ao longo dos sopés parecesse não ter fim. Depois de cerca de trinta milhas, as grotescas construções de pedra começaram a se diluir, e em mais dez milhas, chegamos a detritos ininterruptos quase sem sinais de artifício senciente. O curso do rio além da cidade parecia marcado por uma linha fina e fraca, enquanto a terra assumia uma robustez de certo modo maior, parecendo se inclinar vagamente para cima enquanto recuava na vaga névoa do oeste.

Até então, não havíamos feito nenhum pouso, embora deixar o platô sem uma tentativa de penetrar estruturas monstruosas tivesse sido inconcebível. Assim, decidimos encontrar um local tranquilo nos sopés próximos da nossa passagem navegável, pousar o avião lá e nos preparar para fazer algumas explorações a pé. Ainda que essas colinas estivessem parcialmente cobertas por ruínas espalhadas, voando baixo logo localizamos mais possibilidades para pousos. Selecionamos um lugar perto da passagem, já que iríamos cruzar a grande cadeia e voltar ao acampamento, e conseguimos descer por volta de meio-dia e meia sobre um campo de neve firme e macio totalmente desprovido de obstáculos e bem-adaptado para uma decolagem rápida e favorável mais tarde.

NAS MONTANHAS DA LOUCURA

Não pareceu haver necessidade de proteger o avião com um banco de neve, pois a parada seria breve e não havia ventos fortes nesse nível; logo, simplesmente vimos que os esquis de pouso estavam bem guardados e as partes vitais do mecanismo estavam protegidas contra o frio. Para nossa jornada a pé, descartamos as peles mais pesadas que usamos no voo e levamos conosco um pequeno aparato que consistia em bússola de bolso, câmera portátil, leves provisões, volumosos cadernos e papel, martelo e cinzel de geólogo, bolsas para recolher amostras, rolo de corda e potentes lanternas com pilhas extras. Esse equipamento foi carregado no avião diante da possibilidade de conseguirmos pousar, tirar fotos no solo, fazer desenhos e esquemas topográficos e obter amostras de rochas de alguma encosta, afloramento ou caverna. Felizmente, tínhamos um suprimento extra de papel para rasgar, colocar em uma bolsa sobressalente para coleta de amostras e usar o antigo princípio do jogo de lebres e cães para marcar nosso percurso em qualquer labirinto interno que conseguíssemos penetrar. Isso foi trazido caso encontrássemos algum sistema cavernoso com ar calmo o bastante para permitir um método rápido e fácil em vez de lascar pedra como costumávamos fazer para marcar o trajeto.

Ao caminhar cuidadosamente colina abaixo sobre a neve encrostada no estupendo labirinto de pedras que se estendia pelo opalescente oeste, prevíamos um sentimento de maravilhamento igual ao que sentimos quando nos aproximamos da impenetrável passagem da montanha quatro horas antes. É verdade que havíamos nos familiarizado com o incrível segredo escondido pelos picos, embora a hipótese de entrar naqueles muros primevos criados por seres conscientes talvez milhões de anos atrás — antes que qualquer raça humana pudesse ter existido — fosse, no entanto, fantástica e potencialmente terrível em suas implicações de anormalidade cósmica. Apesar de a rarefação do ar nessas prodigiosas altitudes tornar o esforço mais difícil do que o normal, tanto Danforth como eu estávamos aguentando bem, e a tarefa se parecia com qualquer outra que nos fosse atribuída. Só precisou de alguns passos para que nos deparássemos com uma ruína disforme ao nível da neve, enquanto a 160 ou 250 pés adiante havia uma enorme muralha sem teto, mas ainda completa em seu gigantesco contorno no formato de estrela de cinco pontas, com uma altura irregular de dez ou onze pés. Fomos em sua direção, e quando por fim pudemos tocar seus desgastados blocos ciclópicos, sentimos que havíamos estabelecido um elo sem precedentes e quase blasfemo com eras esquecidas normalmente fechadas para nossa espécie.

Essa muralha, em formato de estrela e medindo talvez trezentos pés de uma ponta à outra, fora construída com blocos de arenito jurássico de tamanhos irregulares, em média seis por oito pés na superfície. Havia uma fileira de falhas ou janelas arqueadas de cerca de quatro pés de largura por cinco de altura, espaçadas simetricamente ao longo das pontas da estrela e em seus ângulos internos, e com fundos a cerca de quatro pés da superfície congelada. Olhando por elas, podíamos ver que a construção tinha cinco pés de espessura e que havia traços de entalhes em faixas ou baixos-relevos nas paredes internas — coisas que de fato adivinhamos antes, quando voávamos baixo sobre essa muralha e outras como ela. Embora partes mais baixas devam ter originalmente existido, todos os traços de algo assim agora estavam obscurecidos pela camada profunda de gelo e neve nesse ponto.

Nós nos rastejamos até uma das janelas e em vão tentamos decifrar os desenhos quase apagados de um mural, mas não nos aventuramos a mexer no chão congelado. Nossos voos de orientação haviam indicado que muitas construções na cidade em si estavam menos bloqueadas pelo gelo e que talvez encontrássemos interiores totalmente livres que levassem ao verdadeiro nível do solo se entrássemos naquelas estruturas que ainda tinham cobertura. Antes de deixar a muralha, nós a fotografamos cuidadosamente e estudamos sua alvenaria ciclópica sem gesso totalmente estupefatos. Desejamos que Pabodie estivesse presente, pois seu conhecimento de engenharia poderia ter nos ajudado a adivinhar como blocos tão gigantes poderiam ter sido manuseados naquela era incrivelmente remota em que a cidade e seus arredores haviam sido construídos.

A caminhada de meia milha colina abaixo para a cidade de fato, com o vento assobiando ferozmente pelos altos picos, foi algo cujos mínimos detalhes sempre ficarão gravados na minha mente. Apenas em pesadelos fantásticos outros seres humanos que não Danforth e eu poderiam conceber tais efeitos óticos. Entre nós e os vapores agitados do oeste estava aquele monstruoso emaranhado de escuras torres de pedras, cujas formas excêntricas e incríveis nos impressionaram desde o princípio de cada novo ângulo que as víamos. Era uma miragem em forma de pedra sólida e, se não fosse pelas fotografias, eu ainda duvidaria de que algo assim realmente existisse. O tipo geral de construções era idêntico ao da muralha que havíamos examinado, mas as formas extravagantes que essa construção assumia em suas manifestações urbanas iam além de qualquer descrição.

Mesmo as imagens ilustram apenas uma ou duas fases de sua infinita variedade, sobrenatural grandeza e completamente estranho exotismo. Havia formas geométricas para as quais nem um Euclides encontraria nome — cones de todos os graus de irregularidade e truncamento, varandas de todo tipo de desproporção provocativa, eixos com estranhas e bulbosas extensões, colunas quebradas em grupos curiosos e arranjos em cinco pontas ou cinco cristas insanamente grotescos. Conforme nos aproximamos, pudemos ver embaixo certas partes transparentes de uma camada de gelo e detectar algumas pontes de pedra tubulares que conectavam as estruturas ousadamente espalhadas em várias alturas. Não parecia haver qualquer rua ordenada, estando a única faixa mais larga a uma milha para a esquerda, onde um antigo rio havia sem dúvida inundado a cidade até as montanhas.

Nossos binóculos mostraram que as faixas externas horizontais de esculturas quase apagadas e agrupamentos de pontos eram bastante predominantes, e podíamos ter uma ideia de como essa cidade havia sido um dia — mesmo que a maioria dos tetos e topos das torres tivesse perecido. Como um todo, havia sido um complexo emaranhado de alamedas e vielas, todas cânions profundos, e algumas um pouco melhores do que túneis em virtude da alvenaria suspensa ou das enormes pontes. Agora, espalhada abaixo de nós, parecia a fantasia de um sonho em contraste com a névoa do oeste por meio da qual o sol baixo e avermelhado da região antártica do início da tarde lutava para brilhar. E quando, por um momento, aquele sol encontrou uma obstrução mais densa e mergulhou a cena em uma sombra temporária, o efeito foi sutilmente ameaçador de um jeito que espero nunca ter de descrever. Mesmo o leve uivo do vento que não sentíamos nas passagens das grandes montanhas atrás de nós assumia um tom mais feroz de proposital maldade. O último estágio da nossa descida para a cidade foi, ao contrário dos anteriores, íngreme e abrupto, e um afloramento de rocha na beira de onde o nível mudava nos levou a pensar que uma varanda artificial um dia existira ali. Sob a glaciação, acreditamos, deve haver um lance de escadas ou algo equivalente a isso.

Quando finalmente mergulhamos na cidade em si, pisando sobre as construções caídas e nos encolhendo diante da proximidade opressora e da altura dos onipresentes muros esburacados e caindo aos pedaços, nossas sensações novamente foram tais que me admira o autocontrole que mantivemos. Danforth estava claramente nervoso e começou a fazer especulações ofensivamente irrelevantes sobre o horror visto no acampamento — o que eu lamentava ainda mais porque não conseguia evitar compartilhar certas conclusões que se impunham sobre nós por muitas características dessa mórbida sobrevivência de um antigo pesadelo. As especulações atuavam sobre a imaginação dele também, pois em determinado lugar — onde uma viela cheia de destroços virava em um canto acentuado — ele insistiu ter visto leves traços de marcas no chão de que não gostou, enquanto em todos os outros locais, ele parava para escutar um som sutil e imaginário vindo do mesmo ponto indefinido — um assobio abafado, ele disse, não diferente daquele causado pelo vento nas cavernas da montanha, ainda que de algum modo perturbadoramente distinto. O interminável aspecto de cinco pontas da arquitetura do entorno e dos poucos distinguíveis arabescos em um mural continha uma provocação sombriamente sinistra da qual não conseguíamos fugir, e nos dava um toque de uma certeza subconsciente terrível envolvendo os seres primitivos que tinham construído e habitado esse lugar profano.

Entretanto, nossa alma científica e aventureira não estava totalmente morta, e mecanicamente levamos adiante nosso programa de colher amostras de todos os tipos diferentes de pedras representadas na alvenaria. Preferiríamos um conjunto completo a fim de chegar a melhores conclusões quanto à idade do local. Nada nas grandes muralhas externas parecia datar de depois dos períodos Jurássicos e Cretáceo Inferior, nem qualquer pedaço de pedra de todo o lugar era mais recente do que o Plioceno. Com absoluta certeza, estávamos vagando em meio a uma morte que havia reinado por no mínimo centenas de milhares de anos, e provavelmente até mais.

Enquanto avançávamos por esse labirinto de sombras de pedras, paramos em todas as aberturas possíveis para estudar os interiores e investigar possibilidades de adentrar. Algumas estavam acima do nosso alcance e outras levavam apenas a ruínas bloqueadas pelo gelo em que não havia teto nem nada, assim como as muralhas colina acima. Uma delas, embora espaçosa e convidativa, abria-se sobre um abismo que parecia não ter fundo, sem meios visíveis de descida. Aqui e ali, tínhamos a oportunidade de estudar a madeira petrificada de uma portinhola sobrevivente, e ficamos impressionados pela fabulosa antiguidade que se podia intuir na fibra que ainda era discernível. Essas coisas vinham de gimnospermas e coníferas do Mesozoico — especialmente de cicas do Cretáceo — e de palmeiras-de-leque e primitivas angiospermas que claramente datavam do Terciário. Nada definitivamente mais tardio do que o Plioceno pôde ser descoberto. No posicionamento dessas portinholas — cujas beiradas mostravam que já houvera estranhas dobradiças ali — o uso parecia ter sido variado, com algumas do lado de dentro e outras do lado de fora das profundas frestas. Pareciam ter sido forçadas ali, sobrevivendo, assim, ao enferrujamento de suas antigas instalações e amarrações provavelmente metálicas.

Depois de um tempo, nós nos deparamos com uma fileira de janelas — nas protuberâncias de um cone colossal de cinco lados com o cume ileso — que levava a um recinto vasto e bem preservado com piso de pedra; mas elas eram tão altas que não permitiam uma descida sem corda. Tínhamos uma conosco, mas não queríamos nos dar ao trabalho dessa queda de vinte pés a não ser que fôssemos obrigados — especialmente nesse ar rarefeito do platô, que exigia muito do coração. Esse recinto enorme fora provavelmente um salão ou saguão de algum tipo, e nossas lanternas mostravam esculturas robustas, distintas e potencialmente impressionantes dispostas em torno das paredes em faixas largas e horizontais separadas por faixas mais largas de arabescos convencionais. Tomamos nota cuidadosamente desse ponto, planejando entrar ali a não ser que surgisse outro local de acesso mais fácil.

Finalmente, no entanto, encontramos exatamente a abertura que desejávamos, um arco de cerca de seis pés de largura e dez de altura, marcando o que fora o fim de uma ponte suspensa que havia se estendido para uma viela cerca de cinco pés acima do presente nível de glaciação. Esses arcos, é claro, estavam alinhados com pavimentos de andares superiores, e nesse caso um dos pavimentos ainda existia. A construção, assim acessível, era uma série de varandas retangulares a nossa esquerda de frente para o lado oeste. Do outro lado da viela, onde se abria outro arco, havia um cilindro decrépito sem janelas e com uma curiosa saliência de cerca de dez pés acima da abertura. Estava completamente escuro do lado de dentro, e o arco parecia se abrir para um poço de infinito vazio.

Destroços empilhados tornavam a entrada para a vasta construção do lado esquerdo duplamente fácil, embora por um momento tenhamos hesitado antes de aproveitar a oportunidade por tanto tempo desejada. Pois, apesar de ter penetrado nesse emaranhado de mistério arcaico, ele demandava uma resolução nova para nos levar de fato para dentro de um edifício completo e sobrevivente de um mundo antigo cuja natureza se tornava aos poucos mais hediondamente clara para nós. Por fim, no entanto, mergulhamos e nos misturamos ao entulho no vão aberto. O chão por trás era de grandes placas de ardósia e parecia formar o escoamento de um longo e alto corredor com paredes esculpidas.

Observando os muitos arcos internos que começavam ali, e compreendendo a provável complexidade de habitações, decidimos que deveríamos começar nosso sistema de deixar rastro como no jogo de lebres e cães. Até agora, nossas bússolas, e os frequentes vislumbres que tínhamos da vasta cadeia de montanha entre as torres atrás de nós, tinham sido suficientes para evitar nos perder, mas, de agora em diante, o substituto artificial seria necessário. Assim, rasgamos os pedaços de papel, os colocamos dentro de uma bolsa que seria carregada por Danforth e planejamos usá-los da maneira mais econômica possível. Esse método provavelmente nos ajudaria a não nos perder, já que o ar parecia estar calmo dentro da construção principal. Se o ar se agitasse ou se o papel acabasse, poderíamos recorrer ao método mais seguro, porém mais entediante e demorado, de lascar pedra.

Era impossível saber a dimensão do território que acabáramos de adentrar sem um experimento. A conexão próxima e frequente com os diferentes prédios dava a entender que iríamos cruzar a distância entre eles sobre pontes sob o gelo, exceto onde estas haviam colapsado ou onde havia fossos geológicos, pois parecia ter entrado bem pouca glaciação nas enormes construções. Quase todas as áreas de gelo transparente tinham revelado as janelas submersas muito bem trancadas, como se a cidade tivesse sido deixada naquele estado uniforme até que a camada de gelo chegasse para cristalizar a parte inferior durante o tempo subsequente. De fato, tinha-se uma curiosa impressão de que esse lugar havia sido deliberadamente fechado e abandonado em alguma era sombria e passada, em vez de ter sido surpreendido por alguma calamidade repentina ou até mesmo decadência gradual. Será que a previsão da chegada do gelo levara toda uma população desconhecida a procurar uma morada menos amaldiçoada? As condições fisiográficas precisas presentes na formação da camada de gelo nesse ponto teriam que esperar por uma solução mais tarde. Estava claro que não havia sido um percurso excruciante. Talvez a pressão da neve acumulada tivesse sido responsável, e talvez uma inundação do rio ou do rompimento de um dique glacial antigo na cadeia de montanha tenha ajudado a criar essa condição especial que agora observávamos. A imaginação era capaz de conceber quase qualquer coisa em conexão com esse lugar.

Capítulo 6

Seria um incômodo fornecer um relato detalhado e cronológico de nossas andanças dentro daquela colmeia cavernosa e há muito abandonada de construção primitiva — aquele monstruoso covil de segredos antigos que agora ecoavam pela primeira vez, após incontáveis épocas, até rastros de pés humanos. Tanto é verdade que muito do drama e da revelação horríveis veio de um simples estudo dos onipresentes murais esculpidos. Nossas fotografias com a luz das lanternas daqueles entalhes terão grande papel em provar a veracidade do que estamos agora revelando, e é lamentável que não tivéssemos um estoque maior de filme conosco. Sendo assim, fizemos rústicos esboços no caderno de algumas características marcantes depois que nossos filmes acabaram.

O prédio que adentramos era um dos maiores e mais elaborados e nos deu uma impressionante noção da arquitetura daquele passado geológico sem nome. As divisões internas eram menores do que os muros externos, mas nos níveis mais baixos estavam perfeitamente preservadas. Uma complexidade labiríntica, envolvendo uma curiosa e irregular diferença nos andares térreos, caracterizava o todo, e se não fosse pelo nosso rastro de papel, certamente teríamos nos perdido desde o princípio. Decidimos explorar as partes superiores mais decrépitas primeiro, portanto escalamos uma distância de cem pés, para onde o nível mais alto de recintos se abria com neve e ruínas desvendando um céu polar. A subida foi efetuada sobre rampas de pedras íngremes e com rugosidades na transversal ou sobre superfícies inclinadas que serviam como escadas. Os recintos que encontramos tinham todas as formas e proporções imagináveis, passando por estrelas de cinco pontas, triângulos e cubos perfeitos. Pode-se dizer que o tamanho médio era 30 x 30 pés de área e vinte pés de altura, embora existissem muitos que fossem maiores. Depois de examinar detalhadamente as áreas superiores e o nível que sofrera glaciação, descemos, andar por andar, para a parte submersa, onde, na verdade, logo vimos que estávamos em um contínuo labirinto de câmaras e passagens conectadas provavelmente levando para áreas ilimitadas fora desse prédio em especial. A grandeza e a magnitude ciclópicas de tudo em nossa volta se tornaram curiosamente opressivas; e havia algo vagamente, mas profundamente, inumano em todos os contornos, dimensões, proporções, decorações e nuances desse blasfemo trabalho arcaico com pedras. Logo percebemos, a partir do que revelavam os entalhes, que essa monstruosa cidade tinha muitos milhões de anos.

 Ainda não somos capazes de explicar os princípios de engenharia usados no equilíbrio e ajuste anômalo da vasta quantidade de rochas, embora os arcos claramente desempenhassem um papel importante. Os cômodos que visitamos estavam completamente desprovidos de móveis ou qualquer coisa portátil, o que sustentou nossa crença de que a cidade fora deliberadamente abandonada. A característica decorativa primordial era o sistema quase universal de mural esculpido, que tendia para faixas horizontais de três pés de largura e dispostas do chão ao teto alternando com faixas de igual largura usadas especificamente para arabescos geométricos. Havia exceções a essa regra, mas sua preponderância era avassaladora. Com frequência, no entanto, uma série de uniformes cartuchos contendo grupos estranhamente padronizados de pontos surgia ao longo de uma das faixas de arabescos.

A técnica, logo vimos, era avançada, perfeita e esteticamente evoluída para o mais alto nível de maestria, ainda que completamente estranha em todos os detalhes a qualquer tradição artística conhecida da raça humana. Nenhuma escultura que eu já tenha visto se equipara a essa quanto à delicadeza da execução. Os mínimos detalhes de elaborada vegetação ou vida animal eram apresentados com impressionante vivacidade apesar da escala arrojada dos entalhes, enquanto os desenhos convencionais eram maravilhas de habilidosa complexidade. Os arabescos demonstravam um uso profundo de princípios matemáticos e eram compostos de curvas e ângulos obscuramente simétricos baseados na quantidade de cinco. As faixas gráficas seguiam uma tradição altamente formalizada, e envolviam um tratamento peculiar dado à perspectiva, mas continham uma força artística que nos tocou profundamente, não obstante o abismo intermediário de vastos períodos geológicos. Seu método de desenho se baseava em uma singular justaposição do corte transversal com silhueta bidimensional, e encarnava uma psicologia analítica além daquelas de qualquer raça conhecida da antiguidade. É inútil tentar comparar essa arte com qualquer uma representada em nossos museus. Quem vir nossas fotografias provavelmente encontrará a analogia mais precisa em certas concepções grotescas dos mais ousados futuristas.

Em geral, o traçado arabesco consistia de linhas baixas, cuja profundidade nos muros não danificados variava de uma a duas polegadas. Quando os cartuchos com grupos de pontos surgiam — evidentemente como inscrições em alguma língua ou alfabeto primitivos — a depressão da delicada superfície se reduzia a talvez uma polegada e meia, e os pontos talvez para, no máximo, meia polegada. As faixas gráficas estavam em baixo-relevo, com o fundo rebaixado cerca de duas polegadas a partir da superfície original do muro. Em algumas amostras, marcas de uma coloração antiga podiam ser detectadas, embora na maior parte as inúmeras eras haviam desintegrado e eliminado qualquer pigmento que pudesse ter sido ali aplicado. Quanto mais se estudava a maravilhosa técnica, mais se admirava tudo. Sob sua rígida convenção era possível compreender a observação detalhada e precisa e a habilidade gráfica dos artistas; e, de fato, as convenções em si serviam para simbolizar e acentuar a real essência ou vital diferenciação de cada objeto delineado. Sentimos também que, somadas a essas excelências reconhecíveis, havia outras espreitando além do alcance de nossas percepções. Certos toques aqui e ali forneciam vagas pistas de símbolos e estímulos latentes que outra base mental e emocional, e um aparato sensorial mais completo e diferente, poderia ter tornado de significado profundo e contundente para nós.

O tema das esculturas obviamente vinha do estilo de vida da época de sua criação, e continha grande proporção de história evidente. É essa mentalidade histórica anormal da raça primitiva — operando uma oportunidade circunstancial, por meio da coincidência, miraculosamente em nosso favor — que tornou os entalhes tão incrivelmente informativos para nós, e que nos fez posicionar suas fotos e transcrições acima de todas as outras considerações. Em certos recintos, o arranjo predominante sofria uma variação pela presença de mapas, quadros astronômicos e outros esquemas científicos de uma escala aumentada — essas coisas corroboravam de maneira ingênua e terrível com o que reunimos dos frisos e entalhes pictóricos. Intuindo do que o todo revelava, só posso esperar que meu relato não suscite uma curiosidade maior do que convém à sanidade dos que acreditam em mim. Seria trágico se alguém se sentisse atraído por aquele reino de morte e horror como consequência do próprio aviso o encorajando do contrário.

Interrompendo a sequência de esculturas nessas paredes havia altas janelas e impressionantes portas de doze pés; ambas às vezes preservando as placas petrificadas de madeira — meticulosamente entalhadas e polidas — das verdadeiras portas e janelas. Todas as instalações de metal tinham há muito desaparecido, mas algumas das portas permaneceram no lugar e tiveram que ser forçadas de lado conforme passamos de um recinto a outro. Molduras de janelas com batentes transparentes estranhos — a maioria elípticos —sobreviveram aqui e ali, embora não em quantidade significativa. Também havia nichos de grande magnitude em vários locais, geralmente vazios, mas de vez em quando contendo algum objeto bizarro esculpido em pedra-sabão esverdeada que estava ou quebrado ou internalizado demais para ser retirado. Outras aberturas estavam sem dúvida conectadas com instalações mecânicas passadas — aquecimento, iluminação e coisas do gênero — de um tipo sugerido em muitos dos entalhes. Tetos majoritariamente simples, mas às vezes incrustados com pedra-sabão esverdeada ou outro tipo de ladrilho, a maioria caída agora. Os pisos também haviam sido pavimentados com esses ladrilhos, ainda que as pedras lisas predominassem.

Como eu disse, não havia nada que fosse móvel, mas as esculturas davam uma ideia clara dos estranhos dispositivos que outrora haviam preenchido essas câmaras que ecoavam e lembravam tumbas. Acima de toda a camada glacial, os pisos eram geralmente grossos de detritos, lixo e destroços, mas, conforme se descia, essa condição ia sumindo. Em algumas das câmaras e corredores mais baixos pouco havia além de uma poeira arenosa ou antigas incrustações, enquanto áreas ocasionais tinham um misterioso ar de que haviam sido recentemente imaculadas. Claro, onde fissuras e colapsos haviam ocorrido, os níveis mais baixos estavam tão sujos quanto os superiores. Um pátio central — como em outras estruturas que vimos de cima — impedia que as áreas mais internas ficassem em total escuridão, de modo que raramente tivemos que usar nossas lanternas nos compartimentos superiores, exceto quando estudando os detalhes das estruturas. Abaixo da calota de gelo, no entanto, o crepúsculo se aprofundava, e muitas partes do confuso andar térreo se aproximavam da absoluta obscuridade.

Para ter uma ideia minimamente rudimentar de nossos pensamentos e sentimentos enquanto penetrávamos esse labirinto de construção inumana há muito silenciado, deve-se correlacionar um caos irremediavelmente desconcertante de humores, memórias e impressões evasivas. A antiguidade terrivelmente chocante e a letal desolação do lugar eram suficientes para sobrecarregar qualquer pessoa sensível, mas a esses elementos podia-se acrescentar o horror inexplicado que víramos no acampamento e as revelações imediatamente efetuadas pelo terrível mural de esculturas ao nosso redor. No momento em que nos deparamos com uma parte perfeita de entalhes, em que não podia existir nenhuma ambiguidade de interpretação, foi preciso apenas um breve estudo para que percebêssemos a hedionda verdade — uma verdade da qual seria inocente dizer que Danforth e eu não havíamos individualmente suspeitado antes, embora tenhamos evitado sequer mencioná-la um ou outro. Não podia haver agora qualquer dúvida misericordiosa sobre a natureza dos seres que haviam construído e habitado essa monstruosa cidade morta milhões de anos atrás, quando os ancestrais dos homens eram arcaicos mamíferos primitivos e enormes dinossauros vagavam pelas estepes tropicais da Europa e da Ásia.

Havíamos previamente nos apegado a uma alternativa desesperada, e insistimos — cada um para si mesmo — que a onipresença dos temas de cinco pontas significava apenas alguma exaltação cultural ou religiosa do objeto natural arqueozoico que tinha tão evidentemente incorporado essa qualidade das cinco pontas, assim como os temas decorativos da civilização minoica exaltavam o touro sagrado, os do Egito, o escaravelho, em Roma, o lobo e a águia, e nas várias tribos selvagens, totens de animais. Mas esse refúgio solitário fora agora removido de nós, e fomos forçados a encarar definitivamente uma percepção que abalou nossa razão e que o leitor destas páginas sem dúvida já antecipou há algum tempo. Mal posso suportar escrever isso em preto e branco mesmo agora, mas talvez não seja necessário.

Os seres que outrora ergueram e habitaram essa tenebrosa construção na era dos dinossauros não eram na verdade dinossauros, e sim algo muito pior. Simples dinossauros eram objetos novos e quase sem cérebro — mas os construtores dessa cidade eram sábios e velhos, e haviam deixado determinados traços nas rochas que ali estavam há quase bilhões de anos — rochas que jaziam ali antes que a real vida da Terra tivesse avançado além de grupos de células maleáveis — rochas que jaziam ali antes mesmo que a real vida da Terra sequer existisse. Eles eram os criadores e dominadores daquela vida e, acima de qualquer dúvida, eram os originais dos velhos mitos diabólicos de que os Manuscritos Pnakóticos e o *Necronomicon* assustadoramente deram pistas. Eles eram os Antigos que haviam descido das estrelas quando a Terra era jovem — os seres cuja matéria fora moldada por uma evolução alienígena, e cujos poderes este planeta nunca concebera. E pensar que apenas um dia atrás Danforth e eu tínhamos efetivamente analisado fragmentos de sua substância há milênios fossilizada, e que o pobre Lake e seu grupo haviam visto seus contornos completos. É claro que se torna impossível para mim relacionar na ordem correta os estágios que nos levaram a compreender o que sabemos agora sobre esse capítulo tenebroso da vida pré-humana. Após o primeiro choque da revelação inequívoca, tivemos que pausar por um momento para nos recuperar, e deu três horas antes de começarmos o real percurso de nossa pesquisa sistemática. As esculturas no prédio em que entramos eram de uma datação relativamente posterior — talvez dois milhões de anos atrás — conforme checagem por características geológicas, biológicas e astronômicas — e incorporavam uma arte que seria chamada de decadente em comparação com aquela das amostras que encontramos nos prédios mais antigos depois de cruzar as pontes sob a camada de glaciação. Um edifício talhado a partir da rocha sólida parecia ser de quarenta ou até cinquenta milhões de anos — do Eoceno Inferior ou Cretáceo Superior — e continha baixos-relevos de um talento artístico que ultrapassava qualquer coisa que encontramos, com uma extraordinária exceção. Aquela era, nós dois concordamos, a mais antiga estrutura doméstica com a qual havíamos cruzado.

Se não fosse pelo fato de que logo as coisas viriam a público, eu me absteria de contar o que encontrei e deduzi, para não ser internado como louco. É claro que as infinitas peças iniciais da colcha de retalhos — representando a vida pré-terrestre dos seres com cabeças em formato de estrela em outros planetas, em outras galáxias e outros universos — podem ser prontamente interpretadas como a fantástica mitologia daqueles próprios seres; ainda assim, algumas peças às vezes envolviam desenhos e diagramas tão estranhamente próximos das últimas descobertas matemáticas e astrofísicas, que eu mal sei o que pensar. Deixem que outros julguem quando virem as fotografias que serão divulgadas.

Naturalmente, os entalhes que encontramos não contavam a história toda organizadamente, nem nós conseguíamos estabelecer os estágios para ela. Alguns dos enormes recintos eram unidades independentes no que dizia respeito aos desenhos, enquanto em outros uma crônica podia ser narrada por diversas câmaras e corredores. Os melhores mapas e diagramas estavam nas paredes de um abismo tenebroso abaixo até do antigo nível térreo — uma caverna de talvez cem pés quadrados por sessenta pés de altura, que quase indubitavelmente havia funcionado como um centro educacional de algum tipo. Havia muitas repetições enervantes do mesmo assunto em salas e prédios distintos, uma vez que certos capítulos de vivência e determinados resumos ou fases de história racial tinham evidentemente sido os favoritos de diferentes decoradores ou habitantes. Às vezes, no entanto, versões variadas do mesmo tema se provavam úteis ao resolver pontos discutíveis e preencher certas lacunas.

Ainda me admiro que tenhamos depreendido tantas informações no curto tempo que tínhamos à disposição. É evidente que mesmo agora só temos um vago panorama — e muito disso foi obtido mais tarde, a partir de um estudo das fotografias e esboços que fizemos. Deve ser o efeito desse estudo posterior — as lembranças reavivadas e impressões difusas atuando em conjunto com sua sensibilidade geral e com aquela última suposta cena final cuja essência ele não revela nem mesmo para mim — a razão imediata do presente colapso nervoso de Danforth. Mas teve que ser assim, já que não teríamos emitido nosso alerta de maneira inteligente sem a informação mais completa possível, e a emissão desse alerta é de primordial necessidade. Algumas influências persistentes naquele mundo antártico desconhecido de tempo desordenado e distinta da lei natural conhecida tornam imperativo que outras explorações sejam desencorajadas.

Capítulo 7

A história toda, como decifrada até agora, vai por fim aparecer em um boletim oficial da Universidade Miskatonic. Aqui só irei esboçar os pontos mais importantes de um modo meio disforme e desconexo. Mito ou não, as esculturas contavam sobre a chegada daqueles seres com cabeça em formato de estrela à Terra ainda no começo, desprovida de vida, vindos do espaço cósmico — a chegada deles, e a de muitos outros seres alienígenas que em certos momentos embarcam na exploração espacial. Eles pareciam capazes de atravessar o éter do universo em suas enormes asas membranosas — confirmando, assim, de maneira estranha um folclore curioso que me fora contado muito tempo atrás por um colega antiquário. Eles haviam vivido um bom tempo debaixo do mar, construindo fantásticas cidades e lutando em batalhas terríveis com adversários sem nome por meio de equipamentos intricados empregando princípios de energia desconhecidos. Era evidente que seu conhecimento científico e mecânico superava muito o que o homem tem hoje, embora fizessem uso de suas formas mais difundidas e elaboradas apenas quando eram obrigados. Algumas das esculturas sugeriam que eles haviam passado por um estágio de mecanização em outros planetas, mas haviam retrocedido ao perceber seus efeitos emocionalmente insatisfatórios. Sua tenacidade sobrenatural de organização e a simplicidade de desejos naturais os tornaram peculiarmente capazes de viver em um plano elevado sem os frutos mais especializados da fabricação artificial, e até mesmo sem vestimentas, exceto por ocasional proteção contra os elementos.

Foi debaixo do mar, primeiro em busca de comida e, mais tarde, por outros motivos, que eles primeiro geraram vida na Terra — usando substâncias disponíveis de acordo com métodos bastante conhecidos. Os experimentos mais elaborados vieram após a aniquilação de vários inimigos cósmicos. Eles haviam feito a mesma coisa em outros planetas, fabricando não apenas o alimento de que necessitavam, como também certas massas protoplasmáticas multicelulares capazes de moldar, sob influência hipnótica, seus tecidos em todos os tipos de órgãos temporários, formando, assim, escravos ideais para realizar o trabalho pesado da comunidade. Essas massas viscosas sem dúvida eram o que Abdul Alhazred aventou como sendo os "Shoggoths", em seu terrível *Necronomicon*, embora mesmo aquele árabe louco não tenha suspeitado de que eles vivessem na Terra, exceto nos sonhos daqueles que tivessem mascado certa erva alcaloide. Quando os Antigos de cabeça em formato de estrela presentes neste planeta conseguiram sintetizar suas formas simples de alimento e criar um bom suprimento de Shoggoths, permitiram que outros grupos de células se desenvolvessem em outras formas de vida animal e vegetal para diversos propósitos, extirpando qualquer uma cuja existência se tornasse problemática.

Com a ajuda dos Shoggoths, cujas expansões poderiam ser feitas para levantar pesos incríveis, as cidades pequenas e baixas sob o mar cresceram e se transformaram em imponentes labirintos de pedra não diferentes daqueles que mais tarde surgiram em terra. De fato, seres altamente adaptáveis que eram, os Antigos tinham vivido muito sobre a terra em outras partes do universo e, provavelmente, mantiveram muitas tradições de construção terrestre. Conforme estudávamos a arquitetura de todas essas cidades paleogênicas esculpidas, incluindo aquela cujos corredores há muito abandonados estávamos percorrendo, ficamos impressionados pela curiosa coincidência que não tínhamos ainda tentado explicar, nem a nós mesmos. Os topos dos edifícios, que na cidade real à nossa volta tinham, claro, sido transformados em ruínas disformes eras atrás, estavam claramente dispostos em baixos-relevos, e mostravam vastos aglomerados de pináculos em formato de agulha, delicados florões sobre vértices cônicos e piramidais e camadas de discos finos e horizontais cobrindo hastes cilíndricas. Isso era exatamente o que tínhamos visto naquela miragem portentosa e monstruosa, lançada por uma cidade morta de onde tais características do horizonte haviam estado ausentes por milhares e dezenas de milhares de anos, que pairava sobre nossos olhos ignorantes através das insondáveis montanhas da loucura assim que primeiro nos aproximamos do amaldiçoado acampamento de Lake.

Quanto à vida dos Antigos, tanto debaixo d'água como depois de parte deles migrar para a terra, livros e mais livros poderiam ser escritos. Aqueles em água rasa haviam continuado com o uso completo dos olhos no fim dos cinco tentáculos da cabeça, e haviam praticado as artes de escultura e escrita de um modo bastante comum — a escrita realizada com um estilete sobre superfícies enceradas à prova d'água. Aqueles que viviam lá embaixo no oceano, embora usassem um curioso organismo fosforescente para fornecer luz, ampliaram sua visão com sentidos obscuros e especiais operando por cílios prismáticos na cabeça — sentidos que tornaram os Antigos parcialmente independentes de luz em uma emergência. Suas formas de escultura e escrita haviam mudado curiosamente durante a descida, incorporando determinados processos de revestimento aparentemente químicos — provavelmente para garantir a fosforescência — que os baixos-relevos não conseguiam deixar claros para nós. Os seres se mudaram para o mar parcialmente por meio de nado — usando os braços crinoides laterais — e parcialmente se contorcendo com as camadas inferiores dos tentáculos contendo os pseudópés. Ocasionalmente, eles completavam longas quedas com o uso auxiliar de dois ou mais conjuntos de asas dobradas como pás de ventilador. Sobre a terra, eles usavam os pseudópés, mas às vezes voavam alto ou por longas distâncias. Os numerosos e finos tentáculos dos quais saíam os braços crinoides eram infinitamente delicados, flexíveis e fortes, além de precisos em coordenação muscular nervosa — garantindo a máxima habilidade e destreza em todas as operações artísticas e manuais.

A resistência deles era quase inacreditável. Mesmo a terrível pressão das profundezas do mar era aparentemente inofensiva para eles. Poucos pareciam ter morrido por ato violento, e os locais de sepultamento eram muito limitados. O fato de que cobriam os mortos inumados verticalmente com montículos com cinco pontas gravados gerou ideias em Danforth e em mim que tornaram necessárias uma nova pausa e recuperação depois que as esculturas os revelaram. Os serem se multiplicavam por meio de esporos — como as pterodófitas, como Lake havia suspeitado — mas, em razão de sua resistência e longevidade prodigiosa, e consequente ausência de necessidade de substituição, eles não encorajavam o desenvolvimento em larga escala de novos protalos, exceto quando tinham novas regiões para colonizar. Os jovens amadureciam rapidamente, e recebiam uma educação evidentemente além de qualquer padrão que possamos imaginar. A vida intelectual e estética predominante era altamente evoluída e produzia um resistente e tenaz conjunto de costumes e organizações que descreverei em mais detalhes em minha futura monografia. Eles variavam levemente conforme a moradia marítima ou terrestre, mas tinham a mesma base e essência.

Embora fossem capazes, assim como os vegetais, de produzir alimento a partir de substâncias inorgânicas, eles preferiam comida orgânica e principalmente animal. Eles comiam animais marinhos crus no fundo do mar, mas cozinhavam suas iguarias em terra. Eles caçavam e criavam rebanhos — abatendo-os com armas afiadas cujas estranhas marcas haviam sido notadas em determinados ossos de fósseis por nossa expedição. Eles resistiam a todas as temperaturas maravilhosamente, e em seu estado natural poderiam viver embaixo da água congelante. Quando o grande resfriamento do Pleistoceno se aproximou, entretanto — quase um milhão de anos atrás — os habitantes da terra tiveram que recorrer a medidas especiais, incluindo aquecimento artificial — até que, por fim, o frio letal aparentemente os conduziu de volta ao mar. Para seus voos pré-históricos pelo espaço cósmico, segundo diz a lenda, eles absorviam certas substâncias químicas e se tornavam quase independentes de comida, respiração ou aquecimento — mas por volta da época do grande frio eles tinham perdido o controle do método. De qualquer modo, não poderiam ter prolongado o estado artificial indefinidamente sem nenhum dano.

Não possuindo emparelhamento com outros seres e sendo semivegetais na estrutura, os Antigos não tinham nenhuma base biológica para a fase familiar da vida de um mamífero, mas pareciam se organizar em grandes habitações dentro dos princípios de uma confortável utilização do espaço e — como deduzimos a partir das ocupações retratadas e diversidade de coabitantes — associação mental agradável. Ao mobiliar seus lares, eles mantinham tudo no centro dos enormes quartos, deixando todo o espaço das paredes livre para decorações. Iluminação, no caso dos habitantes do solo, vinha acompanhada por um dispositivo de natureza provavelmente eletroquímica. Tanto na terra como embaixo d'água eles usavam mesas, cadeiras e sofás curiosos como molduras cilíndricas — pois descansavam e dormiam em pé, com os tentáculos dobrados para baixo — e prateleiras para conjuntos articulados de superfícies pontilhadas formando o que seriam seus livros.

A forma de governo era evidentemente complexa e provavelmente socialista, embora nenhuma certeza quanto a isso pudesse ser deduzida a partir das esculturas que vimos. Havia um abrangente comércio, tanto local como entre as diferentes cidades — algumas fichas pequenas, achatadas, de cinco pontas e com inscrições serviam como dinheiro. Provavelmente, as peças menores que nossa expedição encontrou das várias pedras-sabão esverdeadas eram essa moeda. Embora tivessem uma cultura basicamente urbana, existia agricultura e criação de animais. Mineração e uma quantidade limitada de fabricação também eram praticadas. Viajar era bastante frequente, mas a migração permanente parecia relativamente rara, exceto pelos enormes movimentos de colonização pelos quais a raça se expandia. Para locomoção pessoal nenhuma ajuda externa era usada, já que na terra, no ar e na água movimentos semelhantes aos dos Antigos pareciam ter capacidades extremamente vastas para velocidade. As cargas, no entanto, eram puxadas por animais — Shoggoths no mar e uma curiosa variedade de vertebrados primitivos nos últimos anos de existência na terra.

Esses vertebrados, assim como uma infinidade de outras formas de vida — animal e vegetal, marinha, terrestre e aérea — eram resultado de uma evolução atuante de células criadas pelos Antigos, mas que escapavam de seu raio de atenção. Elas haviam suportado se desenvolver de maneira descontrolada porque não tinham entrado em conflito com seres dominantes. Formas inoportunas, claro, eram exterminadas mecanicamente. Interessava-nos ver em algumas das últimas e mais deterioradas esculturas um mamífero desajeitado, primitivo, usado às vezes como comida, às vezes como diversão pelos habitantes da terra, cujas prefigurações vagamente simiescas e humanas eram inconfundíveis. Para a construção das cidades em terra os enormes blocos de pedra das torres altas eram geralmente levantados por pterodátilos de uma espécie até então desconhecida da paleontologia.

A persistência com a qual os Antigos sobreviveram a várias mudanças e convulsões geológicas da crosta da Terra era quase um milagre. Embora poucas ou nenhuma de suas primeiras cidades parecessem ter permanecido além da Era Arqueozoica, não houve nenhuma interrupção em sua civilização ou na transmissão de seus registros. Seu local original de chegada ao planeta foi o Oceano Antártico, e é provável que tenham vindo não muito depois de a matéria que forma a lua ter sido arrancada de seu vizinho Pacífico Sul. De acordo com um dos mapas nas esculturas, o globo todo estava debaixo d'água, com cidades de pedra espalhadas mais e mais distantes do Antártico conforme os éons passavam. Outro mapa mostra um vasto trecho de terra em torno do Polo Sul, onde fica evidente que alguns dos seres montaram acampamentos experimentais, não obstante seus principais centros tivessem sido transferidos para o fundo do mar mais próximo. Mapas posteriores, que mostram a massa continental rachando e se deslocando, mandando determinadas partes separadas para o norte, sustentam, de modo impressionante, as teorias da deriva continental recentemente promovidas por Taylor, Wegener e Joly.

Com a agitação quanto à nova terra no Pacífico Sul, eventos grandiosos tiveram início. Algumas das cidades marinhas foram irremediavelmente espalhadas, ainda que essa não tenha sido a pior desgraça. Outra raça — uma raça terrestre de seres semelhantes a polvos e provavelmente correspondendo aos fabulosos pré-humanos oriundos de Cthulhu — logo começou a descer de uma infinidade cósmica e precipitou um golpe colossal com vista a aumentar os assentamentos no continente — uma guerra monstruosa, que por um longo período levou os Antigos totalmente de volta para o mar. Mais tarde, a paz foi retomada, e os novos territórios foram dados às crias de Cthulhu, enquanto os Antigos dominavam o mar e as terras mais primitivas. Novas cidades no continente foram fundadas — a maior delas na Antártida, pois essa região em que houvera a primeira chegada era sagrada. Dali em diante, assim como antes, a Antártida permaneceu o centro da civilização dos Antigos, e todas as cidades construídas lá pelos oriundos de Cthulhu foram aniquiladas. Então, de repente, as terras do Pacífico afundaram de novo, levando com elas a assustadora cidade de pedra de R'lyeh e todos os octópodes cósmicos, de modo que os Antigos se tornaram novamente supremos no planeta, exceto por um medo sombrio sobre o qual não gostavam de falar. Em uma era bem mais tarde, suas cidades pontilhavam todas as áreas terrestres e aquáticas do globo — por isso a recomendação na minha monografia futura de que algum arqueólogo faça perfurações sistemáticas com o tipo de equipamento de Pabodie em certas regiões largamente separadas.

A tendência estável ao longo das eras foi da água para a terra — um movimento incentivado pela elevação das novas porções terrestres, embora o oceano nunca tivesse sido completamente abandonado. Outra causa do deslocamento em direção à terra foi a nova dificuldade em reproduzir e manejar os Shoggoths, do que dependia uma vida marinha bem-sucedida. Com o passar do tempo, como as esculturas tristemente confessavam, a arte de criar vida a partir de matéria inorgânica havia sido perdida, tanto que os Antigos tiveram que depender de moldar formas que já existiam. Em terra, os grandes répteis se mostraram altamente dóceis, mas os Shoggoths do mar, reproduzindo-se por fissão e adquirindo um grau perigoso de inteligência acidental, por um tempo se apresentaram como um terrível problema.

Eles sempre haviam sido controlados pelas induções hipnóticas dos Antigos, e tinham modelado sua plasticidade rígida na forma de vários membros e órgãos úteis e temporários. Mas agora seu poder de modelar era às vezes exercido de maneira independente, e em várias formas imitativas implantadas por induções passadas. Ao que parecia, eles haviam desenvolvido um cérebro semiestável cuja vontade independente e ocasionalmente teimosa ecoava o desejo dos Antigos sem nem sempre obedecê-lo. Imagens feitas em esculturas desses Shoggoths encheram Danforth e a mim de terror e repugnância. Normalmente, eles eram entidades amorfas compostas de uma geleia viscosa que parecia uma aglutinação de bolhas, e cada um tinha cerca de quinze pés de diâmetro quando tinha formato de esfera. No entanto, sua forma e volume variavam constantemente — descartando desenvolvimentos temporários ou formando órgãos aparentes para visão, audição e fala, imitando seus mestres, seja espontaneamente, seja por indução.

Parece que se tornaram particularmente indóceis por volta de meados da Era Permiana, talvez cento e cinquenta milhões de anos atrás, quando uma autêntica guerra de reconquista foi travada contra eles pelos Antigos marinhos. Imagens dessa guerra, e da maneira como os Shoggoths deixavam suas vítimas sem cabeça e cobertas de limo, carregam uma qualidade maravilhosamente amedrontadora, apesar do enorme abismo entre as eras. Os Antigos haviam usado armas curiosas de perturbação molecular e atômica contra os seres rebeldes, e no fim haviam obtido vitória completa. Em seguida, as esculturas mostravam um período em que os Shoggoths foram domados e destroçados por Antigos armados, assim como os cavalos selvagens do oeste norte-americano foram domados pelos caubóis. Embora durante a rebelião os Shoggoths tivessem mostrado uma habilidade para viver fora da água, essa transição não foi incentivada, já que sua utilidade na terra dificilmente teria sido compatível com o problema do seu manejo.

Durante a Era Jurássica, os Antigos encontraram uma nova adversidade na forma de uma invasão do espaço — desta vez por criaturas meio fungos, meio crustáceos — criaturas que sem dúvida eram as mesmas que figuravam em certas lendas sussurradas no norte, e relembradas no Himalaia, como os Mi-Go, ou abomináveis homens das neves. Para combater esses seres, os Antigos tentaram, pela primeira vez desde sua chegada terrena, avançar pelo éter do universo; entretanto, apesar de todas as preparações tradicionais, não acharam ser mais possível deixar a atmosfera da Terra. Qualquer que tenha sido o segredo da viagem interestelar, ele estava agora definitivamente perdido para a raça. No fim, os Mi-Go expulsaram os Antigos de todas as terras do norte, ainda que fossem impotentes para perturbar aqueles que viviam no mar. Aos poucos, começava a lenta retirada da raça antiga para seu habitat natural na Antártida.

Era curioso notar a partir das batalhas retratadas que tanto os oriundos de Cthulhu como os Mi-Go pareciam ter sido compostos de matéria mais largamente diferente da que conhecemos como sendo a matéria dos Antigos. Eles eram capazes de se submeter a transformações e reintegrações impossíveis para os adversários, e pareciam, portanto, ter originalmente vindo de abismos do espaço cósmico ainda mais remotos. Os Antigos, apesar de sua rigidez anormal e propriedades vitais peculiares, eram estritamente materiais, e devem ter tido sua origem absoluta dentro do conhecido contínuo espaço-tempo — enquanto as primeiras fontes dos outros seres só podem ser adivinhadas prendendo a respiração. Tudo isso, claro, supondo que as ligações não terrestres e as anomalias atribuídas aos inimigos invasores não sejam pura mitologia. Possivelmente, os Antigos inventaram uma estrutura cósmica para explicar derrotas ocasionais, já que interesse e orgulho históricos obviamente formaram seu elemento psicológico principal. É significativo que seus arquivos falharam em mencionar muitas raças avançadas e potentes de seres cujas culturas e cidades gigantescas figurem persistentemente em determinadas lendas obscuras.

O estado mutante do mundo no decorrer de longas eras geológicas apareceu com surpreendente vivacidade em muitos dos mapas e cenas mostradas nas esculturas. Em certos casos, o conhecimento científico existente exigirá revisão, enquanto em outros, suas deduções ousadas estão magnificamente confirmadas. Como eu disse, a hipótese de Taylor, Wegener e Joly de que todos os continentes são fragmentos de uma massa de terra antártica original que rachou devido a uma força centrífuga e que ficaram vagando sobre uma superfície mais baixa tecnicamente viscosa — uma hipótese sugerida, entre outras coisas, pelo modo como os contornos da África e da América do Sul se completam e as grandes cadeias de montanha são onduladas e empurradas para cima — recebe apoio impressionante dessa fonte excepcional.

Mapas que mostram claramente o mundo do período Carbonífero cem milhões de anos ou mais atrás apresentavam fossos ou quiasmas significativos destinados mais tarde a separar a África dos outrora contínuos reinos da Europa (então a Valúsai da lenda primitiva), Ásia, Américas e continente antártico. Outros quadros — e mais significativamente um em conexão com a fundação cinquenta milhões de anos atrás da enorme cidade morta que nos cercava — mostravam todos os presentes continentes bem diferenciados. E na última amostra descoberta — datando talvez do Plioceno — o mundo aproximado de hoje aparecia distintamente, apesar da ligação do Alasca com a Sibéria, da América do Norte com a Europa por meio da Groenlândia e da América do Sul com o continente antártico pela Terra de Graham. No mapa do Carbonífero, todo o globo — igualmente o fundo do oceano e os fossos na terra — carregava símbolos das gigantescas cidades de pedra dos Antigos, mas, nos quadros mais recentes, a recessão gradual em direção ao continente antártico se tornava muito clara. O exemplar final do Plioceno não mostrava nenhuma cidade em terra, exceto no continente antártico e na ponta da América do Sul, nem cidades no oceano ao norte do paralelo 50º sul. Salvo por um estudo das linhas costeiras provavelmente feito durante longos voos de exploração sobre aquelas asas membranosas, o conhecimento e o interesse no mundo setentrional tinham evidentemente decaído a zero entre os Antigos.

A destruição das cidades pela elevação das montanhas, o movimento centrífugo dos continentes, as convulsões sísmicas do fundo do mar ou da terra e outras causas naturais eram um tema de registro comum; e era curioso observar como cada vez menos e menos substituições haviam sido feitas conforme as eras passavam. A enorme megalópole morta que se escancarava a nossa volta parecia ser o último centro geral da raça — construída no início do Cretáceo, depois que uma curvatura enorme da Terra havia apagado uma predecessora ainda maior não muito distante. Parecia que essa região era o ponto mais sagrado de todos, onde supostamente os primeiros Antigos haviam se estabelecido em um fundo de mar primitivo. Na nova cidade — cujas muitas características podíamos reconhecer nas esculturas, mas que se estendiam a centenas de milhas ao longo da cadeia de montanha nas duas direções além dos limites mais distantes de nossa pesquisa aérea — supostamente haviam sido preservadas certas pedras sagradas que formavam parte da primeira cidade do fundo do mar, que surgiam à luz depois de longas épocas no curso do desmoronamento geral de camadas.

Capítulo 8

Naturalmente, Danforth e eu estudamos com especial interesse e um espanto peculiar tudo relacionado ao que estava ao nosso redor. Havia material em abundância, e no emaranhado que era aquela cidade, tivemos sorte o bastante de encontrar uma casa de uma data muito posterior, cujas paredes, embora um pouco danificadas por uma rachadura ao lado, continham esculturas de acabamento manual que carregavam a história da região muito além do período retratado no mapa do Plioceno do qual tiramos nosso último vislumbre geral do mundo pré-humano. Esse foi o último lugar que examinamos em detalhe, já que o que encontramos lá nos deu um novo objetivo imediato.

Certamente estávamos em um dos lugares mais estranhos, esquisitos e terríveis do mundo. De todas as terras existentes, sem dúvida essa era a mais antiga. Aumentava a nossa convicção de que esse hediondo planalto devia ser, na verdade, o lendário platô de pesadelo de Leng que até o louco autor de *Necronomicon* ficava relutante em discutir. A grande cadeia de montanha era tremendamente longa — começando como uma sequência baixa na Costa de Luitpold no lado leste do Mar de Weddell e quase cruzando o continente todo. Aquela parte realmente alta se esticava em um poderoso arco de latitude 82º leste, longitude 60º até latitude 70º leste, longitude 115º, com seu lado côncavo voltado para nosso acampamento e o fim do litoral na região daquela costa longa e coberta de gelo cujos morros foram admirados por Wilkes e Mawson no Círculo Antártico.

Exageros ainda maiores da natureza pareciam estar perturbadoramente próximos. Eu já disse que esses picos são mais altos do que o Himalaia, mas as esculturas me proíbem de dizer que são os maiores da Terra. Essa honra funesta está sem dúvida reservada para algo que metade das esculturas evitava registrar, enquanto outras se aproximavam disso com óbvia repugnância e trepidação. Parece que havia uma parte dessa terra antiga — a primeira parte que emergiu das águas depois que a Terra gerou a Lua e os Antigos se infiltraram, filhos das estrelas — que acabou por ser rejeitada como vaga e anonimamente cruel. Cidades construídas lá haviam sucumbido antes da hora e tinham sido encontradas abandonadas de uma hora para a outra. Então, quando a primeira grande encurvadura havia convulsionado a região no Cretáceo Inferior, uma linha temerosa de picos de repente surgira em meio ao ruído e caos mais chocantes — e a Terra havia ganhado suas montanhas mais altas e mais terríveis.

Se a escala de entalhes estava correta, essas coisas ignóbeis deviam ter muito mais do que 40 mil pés de altura — radicalmente maiores até mesmo do que as impressionantes montanhas da loucura que havíamos cruzado. Elas se estendiam, ao que parecia, de cerca da latitude 77º leste, longitude 70º até latitude 70º leste, longitude 100º — menos de três centenas de milhas distante da cidade morta, de modo que teríamos espiado seus terríveis topos do sombrio oeste não fosse por uma névoa vaga, opalescente. O extremo norte delas também deve ser visível da longa linha costeira do Círculo Antártico nas Terras de Rainha Mary.

Alguns dos Antigos, nos dias decadentes, haviam feito preces estranhas àquelas montanhas — mas nenhum deles jamais chegou perto, tampouco ousou adivinhar o que se escondia por trás delas. Nenhum olho humano jamais as tinha visto, e conforme estudava as emoções transmitidas nos entalhes, rezei para que nenhum nunca as veja. Há morros ao longo da costa que as protegem — Terras de Rainha Mary e Terra de Guilherme II — e agradeço por ninguém nunca ter conseguido pousar lá e escalar aquelas montanhas. Não sou tão cético sobre aquelas histórias e medos antigos quanto costumava ser antes, e não rio agora da noção do escultor pré-humano de que o clareamento fazia pausas significativas de tempos em tempos em cada um dos cumes taciturnos que surgiam e de que um brilho inexplicável resplandecia de um daqueles terríveis picos por toda a noite polar. Deve haver um significado muito real e muito monstruoso nos antigos rumores Pnakóticos sobre Kadath na desolação gelada.

Mas o terreno mais próximo não era menos estranho, mesmo que menos amaldiçoado. Logo após a fundação da cidade, a grande cadeia de montanha se tornou a sede dos principais templos, e muitos entalhes mostravam que torres grotescas e ao mesmo tempo fantásticas tinham furado o céu onde agora só víamos os cubos das muralhas. No curso das eras, as cavernas haviam aparecido e haviam sido convertidas em anexos dos templos. Com o avanço das épocas geológicas mais recentes, todos os veios de calcário da região foram escavados por águas subterrâneas, de maneira que as montanhas, os sopés e as planícies abaixo eram uma verdadeira rede de cavernas e galerias interligadas. Muitas esculturas gráficas falavam de explorações bem fundas no subsolo e da descoberta final do mar sem sol de Estige que espreitava nas entranhas da Terra.

Esse vasto golfo noturno sem dúvida havia sido usado pelo grande rio que descia das encostas na inominada e horrível montanha do oeste, e que tinha, no passado, virado na base do percurso dos Antigos e corrido ao lado daquela cadeia para dentro do Oceano Índico entre as Terras de Budd e de Totten na linha costeira de Wilke. Aos poucos, tinha consumido a base da colina de calcário bem no seu cotovelo, até que suas correntes enfraquecidas por fim alcançassem as cavernas de águas subterrâneas e se juntassem a elas para cavar um abismo ainda mais profundo. Finalmente, todo o volume do rio se esvaziava nas ocas colinas e deixava seco o velho leito que dava para o oceano. Muito da cidade como a encontramos tinha sido construída sobre aquele antigo leito. Os Antigos, entendendo o que havia acontecido, e exercitando seu entusiasmado senso artístico, haviam esculpido em torres ornamentadas aqueles promontórios dos sopés em que o grande riacho começava sua descida para a escuridão eterna.

Esse rio, outrora atravessado por dezenas de pontes de pedras nobres, era claramente aquele cujo curso extinto tínhamos visto em nossa observação do avião. Sua posição em diferentes trechos da cidade ajudou a nos orientar para a cena, já que estivera em vários estágios da longa e há muito morta história da região, assim, conseguimos esboçar um mapa apressado, porém cuidadoso, das características salientes — praças, construções importantes e outras do gênero — para guiar futuras explorações. Logo pudemos reconstruir na imaginação a coisa toda tão estupenda como fora um ou dez milhões de anos atrás, pois as esculturas nos contavam exatamente como tinham sido as construções, montanhas, praças, subúrbios e paisagem, além da luxuriosa vegetação do Terciário. Deve ter tido uma beleza extraordinária e mística, e enquanto eu pensava nisso, quase esqueci da pegajosa sensação de sinistra opressão com que a era inumana dessa cidade, sua grandeza, inoperância, isolamento e penumbra glacial sufocavam e sobrecarregavam meu espírito. Ainda de acordo com certos entalhes, os habitantes daquela cidade tinham eles mesmos conhecido as garras do terror opressivo, pois havia um tipo de cena sombrio e recorrente em que os Antigos eram mostrados se retirando assustados de algo — que nunca aparecia no desenho — encontrado no grande rio e com a indicação de que fora arrastado pela ação de florestas de cicas tremulantes, cobertas de videiras daquelas horríveis montanhas do oeste.

NAS MONTANHAS DA LOUCURA

Foi apenas na única casa construída posteriormente com os entalhes deteriorados que obtivemos alguma previsão da calamidade final que levou ao abandono da cidade. Sem dúvida, deve ter havido muitas esculturas da mesma época em outros locais, mesmo considerando as aspirações e energias amortecidas de um período incerto e estressante. Na verdade, provas muito seguras da existência de outras esculturas logo chegaram a nós. Mas esse foi o primeiro e único conjunto que de fato encontramos diretamente. Queríamos procurar mais tarde, mas, como eu disse, condições repentinas ditaram nossos passos seguintes. Teria havido, no entanto, um limite — pois após toda a esperança de uma longa ocupação futura do local ter perecido entre os Antigos, não poderia haver senão uma completa interrupção da decoração do mural. O golpe final, claro, foi a chegada do grande frio, que fez prisioneira a maior parte dos habitantes da Terra, e que nunca abandonou os malfadados polos — o grande frio que, na outra extremidade do mundo, colocou fim às lendárias terras de Lomar e Hiperbórea.

Seria difícil dizer em anos exatos quando precisamente essa tendência começou no Antártico. Hoje, determinamos o início das eras glaciais há cerca de quinhentos mil anos, mas nos polos, a terrível chaga deve ter começado muito mais cedo. Todas as estimativas quantitativas são parcialmente especulações, mas é bem provável que as esculturas decadentes tenham sido feitas há menos de um milhão de anos e que o real abandono da cidade fora concluído muito antes do início oficial do Pleistoceno — quinhentos mil anos atrás — como suposto nas condições de toda a superfície terrestre.

Nas esculturas arruinadas havia sinais de escassa vegetação por todo lugar, e de uma menor presença da vida no campo da parte dos Antigos. Equipamentos de aquecimento eram mostrados nas casas, e os viajantes do inverno eram representados agasalhados em tecidos protetores. Então, vimos uma série de cartuchos — as faixas contínuas sendo interrompidas com frequência nesses últimos entalhes — retratando a migração crescente para refúgios mais próximos e mais aquecidos — alguns escapando para cidades debaixo do mar, distantes da costa, e alguns percorrendo as ligações entre as cavernas de calcário nas montanhas ocas em direção ao negro abismo vizinho de águas subterrâneas.

No fim, parece que foi esse abismo fronteiriço que recebeu a maior colonização. Sem dúvida, parte disso ocorreu devido à tradicional sacralidade dessa região em especial, mas pode ter sido mais conclusivamente determinado pelas oportunidades que dava ao uso contínuo dos grandes templos nas montanhas alveoladas e pela preservação da enorme cidade como um local de residência de verão e base de comunicação com várias minas. A ligação entre as velhas e novas moradias era feita de maneira efetiva por vários escalonamentos e melhorias ao longo das rotas que as percorriam, incluindo o talhamento de inúmeros túneis diretos da antiga metrópole para o abismo negro — túneis perspicazmente apontando para baixo, cujas bocas desenhamos cuidadosamente, de acordo com nossas estimativas mais fundamentadas, no mapa-guia que estávamos compilando. Era óbvio que pelo menos dois desses túneis ficavam a uma distância razoavelmente exploratória de onde estávamos — ambos na extremidade da cidade em direção à montanha, um a menos de um quarto de milha até o curso do antigo rio, e o outro, a talvez o dobro daquela distância na direção oposta.

Ao que parece, o abismo tinha margens de terra seca em alguns lugares, mas os Antigos construíram sua nova cidade debaixo d'água — sem dúvida em virtude da grande certeza de um aconchego mais uniforme. A profundeza do mar escondido aparenta ter sido bem grande, de modo que o calor interno da Terra pudesse garantir sua habitabilidade por um período indefinido. Os seres pareciam não ter tido qualquer problema em se adaptar a uma residência de meio período — eventualmente passando a período integral — debaixo d'água, já que nunca permitiram que seus sistemas de guelras atrofiassem. Das esculturas existentes, muitas mostravam como haviam frequentemente visitado seus parentes submarinos em outros lugares e como se banharam com frequência no fundo do grande rio. A escuridão do centro da Terra tampouco se mostrou um impedimento para a raça acostumada às longas noites antárticas.

Embora seu estilo fosse indubitavelmente decadente, esses entalhes mais recentes tinham uma qualidade verdadeiramente épica na maneira como contavam sobre a construção da nova cidade na caverna marinha. Os Antigos lidaram com isso sob uma abordagem científica — extraindo rochas insolúveis do coração das montanhas alveoladas e empregando trabalhadores especializados da cidade submarina para realizar a construção de acordo com os melhores métodos. Esses trabalhadores trouxeram com eles tudo que era necessário para estabelecer a nova empreitada — tecido de Shoggoth para gerar levantadores de pedra e animais de carga para a caverna da cidade, além de matéria protoplasmática para moldar organismos fosforescentes para fins de iluminação.

Finalmente, uma metrópole portentosa surgiu no fundo do Mar de Estige, sua arquitetura muito parecida com aquela da cidade acima e sua mão de obra mostrando relativamente pouca decadência devido ao preciso elemento matemático inerente à atividade de construção. Os Shoggoths recém-criados cresceram muito e desenvolveram singular inteligência, e eram representados recebendo e executando ordens com uma rapidez impressionante. Eles pareciam conversar com os Antigos imitando suas vozes — um tipo de assobio musical de largo escopo, se a dissecção do pobre Lake tinha indicado corretamente — e trabalhar mais a partir de comandos falados do que de induções hipnóticas, como em tempos mais remotos. No entanto, eram mantidos sob admirável controle. Os organismos fosforescentes ofereciam luz com enorme efetividade, e sem dúvida expiavam a perda das familiares auroras polares noturnas do mundo exterior.

Arte e decoração eram almejadas, não obstante, claro, com certa decadência. Os Antigos aparentemente compreendiam essa depauperação, e, em muitos casos, anteciparam a política de Constantino, o Grande, ao transplantar blocos especialmente refinados de entalhe antigo de sua cidade na terra, assim como o imperador, em uma era similar de declínio, despojou a Grécia e a Ásia de suas obras de arte para conferir mais esplendor à sua nova capital bizantina do que o próprio povo era capaz de criar. A transposição de blocos esculpidos não ter sido mais extensiva foi sem dúvida porque a cidade no continente não havia sido completamente abandonada. No momento em que a total deserção de fato ocorreu — e com certeza deve ter sido antes que o Pleistoceno polar estivesse bastante adiantado — os Antigos talvez já tivessem ficado satisfeitos com sua arte decadente — ou tivessem parado de reconhecer o mérito superior das antigas esculturas. De qualquer forma, as ruínas há muito em silêncio ao nosso redor certamente não tinham se submetido a uma desnudação escultural maciça, embora todas as melhores estátuas, assim como outros móveis, tivessem sido levadas.

Os cartuchos e dados arruinados que contavam essa história eram, como eu disse, os últimos que pudemos encontrar em nossa limitada busca. Eles nos deixaram com uma imagem dos Antigos indo e vindo entre a cidade na superfície no verão e a cidade na caverna durante o inverno, e às vezes negociando com as cidades do fundo do mar longe da costa antártica. Por essa época, o destino definitivo da cidade na superfície deve ter sido reconhecido, pois as esculturas mostravam muitos sinais da violação maligna no frio. A vegetação estava diminuindo, e as terríveis neves do inverno já não derretiam completamente nem no meio do verão. O rebanho sáurio estava quase todo morto, e os mamíferos já não suportavam muito bem. Para continuar com o trabalho no mundo superior, tinha se tornado necessário adaptar alguns dos Shoggoths amorfos e curiosamente resistentes ao frio para a vida na superfície — algo que os Antigos outrora haviam ficado relutantes em fazer. O grande rio agora estava sem vida, e a superfície do mar havia perdido a maioria de seus habitantes, exceto pelas focas e baleias. Todos os pássaros haviam debandado, salvo apenas os grandes e grotescos pinguins.

O que havia acontecido depois era algo que podíamos apenas imaginar. Por quanto tempo a nova caverna-cidade havia sobrevivido? Ela ainda estava lá, um cadáver de pedra em escuridão eterna? Será que as águas subterrâneas haviam finalmente congelado? Qual teria sido o destino das cidades do fundo do oceano do mundo exterior? Tinham os Antigos se deslocado para o norte da assustadora calota de gelo? A geologia que conhecemos não mostra nenhum traço de sua existência. Será que os temerosos Mi-Go ainda eram uma ameaça no mundo exterior das terras do norte? Alguém poderia ter certeza do que pode ou não ainda restar, até hoje, no abismo escuro e desconhecido das mais profundas águas da Terra? Esses seres aparentemente foram capazes de suportar qualquer quantidade de pressão — e homens do mar pescavam curiosos objetos de tempos em tempos. E será que a teoria do assassino de baleias realmente explicou as cicatrizes selvagens e misteriosas nas focas do Antártico observadas uma geração atrás por Borchgrevink?

Os espécimes encontrados pelo pobre Lake não entraram nessas especulações, pois sua configuração geológica mostrava que haviam vivido numa data muito remota da história da cidade na superfície. De acordo com sua localização, eles tinham certamente não menos que trinta milhões de anos, e pensamos que, na época, a caverna-cidade marinha não existia, nem a própria caverna em si. Eles teriam lembrado de um cenário mais antigo, com exuberante vegetação do Terciário por toda parte, uma cidade mais jovem com pujante arte em torno deles e um grande rio correndo para o norte ao longo da base das poderosas montanhas em direção a um oceano tropical distante.

Ainda assim, não podíamos evitar de pensar nesses espécimes — principalmente nas oito amostras perfeitas que estavam desaparecidas do acampamento hediondamente devastado de Lake. Havia algo anormal no episódio todo — as coisas estranhas que tanto havíamos tentado atribuir à loucura de alguém, aqueles túmulos terríveis, a quantidade e natureza do material desaparecido,

Gedney, a dureza sobrenatural daquelas monstruosidades arcaicas e a excentricidade vital que as esculturas agora mostravam que aquela raça detinha. Danforth e eu havíamos visto bastante nas últimas horas, e estávamos preparados para acreditar e ficar em silêncio sobre os muitos segredos aterradores e inacreditáveis da natureza primitiva.

Capítulo 9

Eu disse que nosso estudo das decadentes esculturas havia trazido uma mudança em nosso objetivo imediato. Isso, claro, tinha a ver com as avenidas talhadas que levavam àquele mundo interior escuro, de cuja existência não sabíamos antes, mas que agora estávamos ávidos para descobrir e percorrer. Da evidente escala dos entalhes deduzimos que uma descida íngreme de cerca de uma milha por qualquer um dos túneis próximos nos levaria ao limite de penhascos vertiginosos e sem sol à beira do abismo. Descer por aquelas trilhas laterais, melhoradas pelos Antigos, levava à praia pedregosa do oceano escuro e escondido. Contemplar esse golfo fabuloso em sua crua realidade era uma tentação a que parecia impossível resistir uma vez que a conhecêssemos — embora compreendêssemos que devíamos começar a busca de uma vez se esperávamos incluí-la em nossa presente viagem.

Eram oito da noite, e não tínhamos pilhas reservadas em quantidade suficiente para deixar nossas lanternas acesas para sempre. Tínhamos feito tanto estudando e copiando o que tinha abaixo do nível da glaciação que nosso suprimento de bateria havia sido usado por quase cinco horas seguidas, e, apesar da fórmula especial de célula seca, obviamente só duraria por cerca de mais quatro horas — embora manter uma lanterna sem uso, exceto em locais especialmente interessantes ou difíceis — nos desse uma margem de segurança além disso. Não adiantaria nada ficar sem luz nessas catacumbas ciclópicas, portanto, para fazer a viagem ao fosso, tivemos que desistir de toda as decifrações de mural adicionais. Claro que pretendemos revisitar o local para dias ou talvez semanas de estudo intensivo e fotografias — a curiosidade há muito tempo venceu o horror — mas agora precisávamos nos apressar.

Nosso suprimento de papel para marcar o caminho estava bem longe de ser ilimitado, e estávamos relutantes em sacrificar nossos cadernos extras ou papéis de rascunho para aumentá-lo, mas permitimos que um caderno grande fosse usado para isso. Se o pior acontecesse, poderíamos recorrer às pedras lascadas — e também é claro que seria possível, mesmo no caso de perda total de direção, trabalhar em plena luz do dia em um canal ou outro se tivéssemos tempo suficiente para tentativas e erros. Então, por fim, partimos animados na direção indicada do túnel mais próximo.

De acordo com os entalhes a partir dos quais fizemos nosso mapa, a entrada do túnel desejado não poderia ficar a mais de um quarto de milha de onde estávamos; o espaço intermediário mostrando construções aparentemente sólidas bastante prováveis de serem penetráveis ainda a um nível subglacial. A abertura em si estaria no subsolo — no ângulo próximo aos sopés — de uma enorme estrutura de cinco pontas de evidente natureza pública, e talvez cerimonial, que tentamos identificar de nossa pesquisa aérea das ruínas.

Nenhuma estrutura assim veio à nossa mente enquanto relembrávamos nosso voo, logo, concluímos que suas partes superiores haviam sido bastante danificadas, ou que ela havia sido totalmente estilhaçada em uma fissura de gelo que notáramos. Neste último caso, o túnel provavelmente estaria bloqueado, de modo que teríamos que tentar o outro mais próximo — aquele a menos de uma milha ao norte. O curso do rio no caminho nos impedia de tentar qualquer um dos túneis mais ao sul na nossa viagem. De fato, se ambos os rios mais próximos estivessem bloqueados, seria duvidoso que nossas pilhas durassem até chegarmos ao outro ao norte — cerca de uma milha além da nossa segunda escolha.

Enquanto fazíamos nosso caminho obscuro pelo labirinto com a ajuda de mapa e bússola — atravessando quartos e corredores em todos os estágios de ruína e preservação, subindo rampas, cruzando pisos superiores e pontes e descendo de novo, encontrando portas trancadas e pilhas de destroços, apressando-nos aqui e ali ao longo de trechos belamente preservados e excepcionalmente imaculados, cometendo erros e tendo que retraçar nosso caminho (nestes casos, removendo a trilha de papel que havíamos deixado) e de vez em quando topando com o fundo de um poço que a luz do dia havia preenchido — éramos continuamente tentados pelas paredes esculpidas ao longo da nossa rota. Muitas devem ter contado histórias de imensa importância histórica, e apenas a perspectiva de futuras visitas nos reconciliava com a necessidade de passar por elas. Do jeito que estava, desacelerávamos de vez em quando e acendíamos nossa segunda lanterna. Se tivéssemos mais filmes, certamente poderíamos ter pausado brevemente para fotografar alguns baixos-relevos, mas cópias à mão que consumiam tempo estavam fora de questão.

Chego agora mais uma vez a um lugar onde a tentação de hesitar, ou insinuar em vez de afirmar, é muito forte. É necessário, entretanto, revelar o resto a fim de justificar meu esforço em desencorajar futuras explorações. Tínhamos percorrido com dificuldade até perto do local calculado da boca do túnel — após cruzar o segundo andar de uma ponte para o que parecia claramente a ponta de uma parede pontuda, e descemos para um corredor em ruínas especialmente rico em esculturas decadentemente elaboradas e aparentemente ritualísticas de mão de obra recente — quando um pouco antes das oito e meia da noite, as narinas jovens de Danforth nos deram uma pista de algo incomum. Se tivéssemos um cão conosco, suponho que teríamos sido avisados antes. A princípio, não conseguimos dizer o que havia de errado com o ar que antes era puro e cristalino, mas, depois de poucos segundos, nossas lembranças foram mais definitivas. Deixe-me tentar relatar sem recuar. Havia um odor — e esse odor era vaga, sutil e inconfundivelmente semelhante ao que havia nos nauseado ao abrir aquele túmulo insano do horror que o pobre Lake havia dissecado.

Claro que a revelação não era tão clara na época como é agora. Havia algumas explicações concebíveis, e levantamos uma série de suposições indefinidas. O mais importante de tudo: não nos retiramos sem mais investigação; por ter chegado até aqui, não desejávamos ser impedidos por qualquer tipo de desastre. De qualquer maneira, o que devemos ter suspeitado era bárbaro demais para acreditar. Coisas assim não acontecem em um mundo normal. Foi provavelmente puro instinto que nos fez reduzir a luz da nossa única lanterna — não mais tentados pelas esculturas sinistras e deterioradas que nos encaravam ameaçadoramente das paredes opressivas — e que suavizou nosso ritmo para um andar cauteloso nas pontas dos pés e um rastejo sobre o chão cada vez mais repleto de fragmentos e montes de destroços.

Os olhos e o nariz de Danforth provaram ser melhores do que os meus, pois foi ele quem primeiro notou o aspecto estranho dos destroços depois de termos passado por vários arcos parcialmente bloqueados que levavam a câmaras e corredores no nível térreo. Não tinha a aparência esperada depois de milhares de anos de abandono, e quando com precaução aumentamos a luz, vimos que um tipo de faixa parecia ter sido recentemente rastreada. A natureza irregular dos fragmentos inviabilizava qualquer marcação definida, mas em locais mais tranquilos havia indícios de que objetos pesados haviam sido arrastados. Logo pensamos que havia pistas de trilhas paralelas como se fossem de praticantes de corrida. Isso nos fez pausar de novo.

Foi nessa pausa — ao mesmo tempo dessa vez — que captamos o outro odor à frente. Paradoxalmente, era um cheiro tanto menos quanto mais assustador — menos assustador intrinsicamente, mas infinitamente hediondo nesse lugar, nessas circunstâncias — a não ser, claro, Gedney... pois o odor era o familiar e corriqueiro cheiro de combustível comum — a rotineira gasolina.

Nossa motivação depois disso é algo que vou deixar para os psicólogos. Agora sabíamos que alguma coisa terrível relacionada ao horror do acampamento devia ter rastejado até esse local escuro e soterrado há muitos éons, logo, não podíamos mais duvidar da existência de condições indescritíveis — presentes, ou no mínimo recentes, bem em frente. No fim, só deixamos que a curiosidade — ou ansiedade, auto-hipnose, ideias difusas de responsabilidade para com Gedney, o que quer que seja — nos guiasse. Danforth mencionou de novo a impressão que achou ter visto na ruela ao virar as ruínas logo acima, e o leve assobiar musical — potencialmente de tremenda importância à luz do relatório de Lake sobre a dissecação, apesar de sua semelhança com os ecos nos picos ventosos na boca da caverna, que ele pensou ter vindo das profundezas abaixo. Eu, por minha vez, cochichei sobre como o acampamento fora deixado, o que havia desaparecido e como a loucura de um único sobrevivente poderia ter concebido o inconcebível, uma alucinante viagem pelas monstruosas montanhas e uma descida para uma construção desconhecida e primitiva.

Mas não conseguimos convencer um ao outro, nem mesmo cada um a si mesmo, de nada definitivo. Tínhamos apagado todas as luzes enquanto estávamos parados, e notamos vagamente que um fino traço da luz do dia na superfície impedia a escuridão de ser completa. Automaticamente seguindo em frente, guiamo-nos por lampejos ocasionais de nossa lanterna. Os perturbados destroços formavam uma impressão da qual não conseguíamos nos livrar, e o cheiro de gasolina ficava mais forte. Cada vez mais, víamos e pisávamos em ruínas, até que logo percebemos que o caminho adiante estava prestes a acabar. Havíamos sido muito corretos em nosso palpite pessimista sobre aquele fosso que avistamos de cima. Nossa busca era cega, e nem ao menos seríamos capazes de chegar ao subterrâneo de onde a boca do abismo se abria.

A lanterna, iluminando as paredes grotescamente esculpidas do corredor bloqueado onde estávamos, mostrava diversas portas em vários estados de obstrução; e, de uma delas, o odor de gasolina vinha com especial distinção, praticamente fazendo submergir aquele outro cheiro. Conforme olhávamos mais firmemente, víamos que sem dúvida tinha havido uma leve e recente limpeza do caminho a partir daquela abertura em particular. Qualquer que fosse o horror à espreita, acreditávamos que a alameda direta para ele estava claramente visível. Acho que ninguém vai estranhar que esperamos um tempo considerável antes de fazer qualquer movimento.

Ainda assim, quando de fato nos arriscamos para dentro do arco negro, nossa primeira impressão foi de anticlímax. Pois, em meio à vastidão repleta daquela cripta esculpida — um cubo perfeito com lados de cerca de vinte pés — não restava nenhum objeto de tamanho discernível instantaneamente, portanto, procuramos, mesmo que em vão, por outra porta. Entretanto, em outro momento, a visão apurada de Danforth havia detectado um lugar onde os detritos no chão haviam sido alterados, e acendemos ambas as lanternas com força total. Embora o que vimos àquela luz fosse na verdade simples e trivial, fico, contudo, relutante em falar em virtude das implicações. Era um nivelamento grosseiro dos destroços, sobre os quais muitos pequenos objetos jaziam descuidadamente espalhados, e, em um dos cantos, uma quantidade considerável de gasolina havia sido derramada há tempo suficiente para deixar um forte odor mesmo nessa altitude extrema do superplatô. Em outras palavras, não poderia ser outra coisa senão um tipo de acampamento — um acampamento feito por seres questionadores que, como nós, tinham sido detidos pelo caminho inesperadamente bloqueado para o abismo.

Deixe-me ser claro. Os objetos espalhados eram, no que diz respeito ao conteúdo, todos provenientes do acampamento de Lake, e consistiam em latas de alumínio abertas de maneira tão estranha quanto aquelas que víramos naquele lugar assolado, muitos fósforos gastos, três livros ilustrados meio manchados de modo curioso, um frasco de tinta vazio com a embalagem ilustrada e trazendo as instruções, uma caneta-tinteiro quebrada, alguns fragmentos de pele e tecido de barraca cortados estranhamente, uma bateria usada com instruções, um folheto que vinha com nosso tipo de aquecedor de barraca e um punhado de papéis amassados. Já era ruim o suficiente, mas quando desamassamos os papéis e vimos o que havia neles, sentimos que tínhamos chegado ao pior. Havíamos encontrado alguns papéis inexplicavelmente borrados no acampamento que poderiam ter nos preparado, porém o efeito da visão lá embaixo naquelas catacumbas pré-humanas de uma cidade pesadelo era quase demais para suportar.

Um Gedney enlouquecido deve ter feito os grupos de pontos imitando aqueles encontrados nas pedras-sabão esverdeadas, assim como foram feitos os pontos naqueles absurdos montes de cinco pontas; e é possível que ele tenha preparado rascunhos toscos e apressados — variando no grau de precisão — que delineavam as partes vizinhas da cidade e traçavam o caminho de um lugar representado circularmente fora da nossa rota previamente estabelecida — um lugar que identificamos como uma grande torre cilíndrica nos entalhes e um enorme golfo circular visto da nossa pesquisa aérea — até a atual estrutura de cinco pontas e a boca do túnel.

E deve, repito, ter preparado tais esboços, pois aqueles diante de nós foram obviamente organizados, como os nossos haviam sido, a partir de esculturas recentes em algum local no labirinto glacial, todavia não a partir daquelas que tínhamos visto e usado. Mas o que o desajeitado nas artes nunca poderia ter feito era executar aqueles desenhos em uma técnica esquisita e segura, talvez superior, apesar de apressada e descuidada, de qualquer um dos entalhes decadentes de onde foram tirados — a técnica característica e inconfundível dos Antigos no auge da cidade morta.

Há quem vá dizer que Danforth e eu estávamos completamente loucos em não sumir dali para salvar nossa vida depois disso, já que nossas conclusões agora eram — apesar da extravagância

— totalmente inabaláveis e de uma natureza que não preciso nem mencionar para quem leu meu relato até aqui. Talvez estivéssemos loucos — pois eu não disse que aquele horríveis picos eram montanhas da loucura? Mas acho que consigo detectar algo do mesmo espírito — porém em uma forma menos extrema — nos homens que perseguem animais mortais pelas florestas da África para fotografá-los ou estudar seus hábitos. Por mais que estivéssemos paralisados de terror, havia em nós uma chama ardente de espanto e curiosidade que triunfou no final.

Claro que não queríamos encarar aquilo — ou aqueles que sabíamos terem estado lá, mas sentíamos que já deviam ter partido a essa altura. Por ora, eles deviam ter encontrado outra entrada próxima para o abismo e passado por ela, para ir ao encontro de fragmentos escuros como a noite de um passado que os esperava no golfo derradeiro — o golfo derradeiro que eles nunca viram. Ou, se aquela entrada também estivesse bloqueada, teriam ido para o norte para procurar por outra. Eles eram, como lembramos, parcialmente independentes da luz.

Olhando agora para aquele momento, mal consigo me lembrar da forma precisa que nossas emoções tomaram — exatamente qual mudança de objetivo imediato tanto aguçou nossa expectativa. Certamente não tínhamos a intenção de encarar o que temíamos — embora eu não negue que devemos ter tido um desejo secreto, inconsciente, de espiar determinados seres sob algum ponto de vista escondido. Provavelmente não havíamos desistido do nosso entusiasmo de observar o fosso em si, ainda que agora houvesse um novo objetivo na forma daquele grande local circular mostrado nos esboços amassados que havíamos encontrado. Imediatamente o havíamos reconhecido como uma enorme torre cilíndrica que figurava nas primeiras esculturas, mas aparecendo apenas como uma prodigiosa abertura circular acima. Algo na imponência de sua apresentação, mesmo nesses diagramas apressados, nos fez pensar que seus níveis subglaciais ainda devam formar uma particularidade de importância peculiar. Talvez incorporasse maravilhas arquitetônicas que ainda não encontráramos. Tinha, certamente, idade incrível, de acordo com as esculturas nas quais aparecia — estando até mesmo entre as primeiras construções da cidade. Seus entalhes, se preservados, não poderiam deixar de ser altamente significativos. Além do mais, poderia formar um bom elo atual com o mundo da superfície — uma rota mais curta do que aquela que cuidadosamente estávamos traçando, e provavelmente aquela pela qual os outros haviam descido.

De qualquer modo, o que fizemos foi estudar aqueles desenhos terríveis — que correspondiam quase que perfeitamente aos nossos — e recomeçar o curso indicado para o local circular; o curso que nossos predecessores inominados devem ter atravessado duas vezes antes de nós. O outro portão para o fosso seria além daquele. Não preciso falar de nossa jornada — durante a qual continuamos a deixar uma trilha econômica de papel — pois era precisamente o mesmo tipo daquela pela qual tínhamos chegado ao beco sem saída; com exceção de que a tendência dela era aderir mais próximo ao nível do solo e até mesmo descer aos corredores do subsolo. De vez em quando, podíamos distinguir certas marcações perturbadoras nos destroços ou fragmentos abaixo dos nossos pés; e, depois que passamos do lado de fora da área com cheiro de gasolina, tomamos de novo leve consciência — espasmodicamente — daquele odor mais horrível e mais persistente. Após o caminho ter se ramificado a partir do nosso antigo curso, às vezes direcionávamos a luz da lanterna furtivamente para as paredes, notando, na maioria dos casos, as esculturas quase onipresentes, que de fato pareciam ter formado uma saída estética principal para os Antigos.

Por volta de nove e meia da noite, enquanto atravessávamos um corredor longo e abobadado cujo chão cada vez mais cheio de gelo parecia um pouco abaixo do nível do solo e cujo teto ficava mais baixo conforme avançávamos, começamos a ver forte luz do dia à frente e pudemos desligar nossa lanterna. Aparentemente estávamos chegando ao enorme local circular, e nossa distância da superfície não podia ser muito grande. O corredor terminava em um arco surpreendentemente muito baixo para essas ruínas do megalítico, mas conseguíamos ver bastante através dele, mesmo antes de emergir. Atrás de tudo, um prodigioso espaço arredondado se estendia — duzentos pés de diâmetro — coberto de destroços e contendo muitos arcos bloqueados correspondendo àquele que estávamos prestes a cruzar. As paredes estavam — nos espaços disponíveis — fortemente esculpidas em uma faixa em espiral de proporções heroicas, e apresentavam, apesar do desgaste destrutivo causado pela abertura do local, um esplendor artístico muito além de qualquer coisa que tivéssemos encontrados antes. O chão cheio de fragmentos estava bastante coberto de gelo, e imaginamos que o verdadeiro fundo ficava bem mais abaixo.

Mas o objeto saliente do local era a enorme rampa de pedra, que, escapando dos arcos por uma curva acentuada para fora em direção ao chão aberto, dava voltas em espiral pela estupenda parede cilíndrica como uma contraparte interna daquelas que outrora escalavam as enormes torres e construções em forma de templo da antiga Babilônia. Apenas a rapidez do nosso voo, e a perspectiva que confundia a descida com a parede interna da torre, havia nos impedido de notar esse detalhe do ar e, assim, nos fez procurar por outra avenida para o nível subglacial. Pabodie deve ter conseguido distinguir que tipo de engenharia a mantinha no lugar, mas Danforth e eu podíamos apenas admirar e nos maravilhar. Conseguíamos ver apenas mísulas e pilares de pedra aqui e ali, mas o que vimos nos pareceu inadequado para a função desempenhada. A coisa era extremamente preservada até o topo da torre — uma circunstância altamente notável em face de sua exposição — e seu abrigo havia feito bastante ao proteger as bizarras e perturbadoras esculturas cósmicas nas paredes.

Conforme adentramos a claridade do fundo desse enorme cilindro — cinquenta milhões de anos de idade, e sem dúvida a estrutura mais antiga que nossos olhos já viram — observamos que os lados das rampas se esticavam para uma altura de sessenta pés. Isso, lembramos da nossa pesquisa aérea, significava uma glaciação do lado de fora de cerca de quarenta pés, já que o golfo que vimos do avião estava no topo de um monte de restos de construção de aproximadamente vinte pés, de alguma maneira coberto em três quartos de sua circunferência pelos enormes muros em curva de uma linha de ruínas mais altas. De acordo com as esculturas, a torre original havia permanecido no centro da imensa praça circular, e tinha talvez quinhentos ou seiscentos pés de altura, com camadas de discos horizontais próximo ao topo e uma fileira de pináculos em formato de agulha ao longo da borda superior. A maior parte da alvenaria havia obviamente desmoronado mais para fora do que para dentro — um acontecimento favorável, uma vez que, caso contrário, a rampa poderia ter ficado destroçada e todo o interior bloqueado. Do jeito que estava, a rampa apresentava um triste desgaste, enquanto o bloqueio era tal que parecia que todos os arcos no fundo haviam sido recentemente desobstruídos.

Levamos apenas um momento para concluir que essa era, na verdade, a rota pela qual os outros haviam descido, e que seria a rota lógica para nossa subida, não obstante a longa trilha de papel que havíamos deixado em outros lugares. A boca da torre não estava mais longe dos sopés e do nosso avião do que o grande prédio avarandado que havíamos adentrado, e qualquer outra exploração subglacial que fizéssemos nessa viagem recairia sobre essa região. Estranhamente, ainda pensávamos sobre outras possíveis viagens — mesmo depois de tudo que havíamos visto e deduzido. Então, conforme seguimos nosso caminho com cuidado sobre os destroços, avistamos algo que deixou para trás todas as outras questões.

Foi o arranjo bem organizado de três trenós naquele ângulo distante do curso mais baixo e saliente da rampa que havia até agora sido deixado de fora da nossa vista. Lá estavam — os três trenós desaparecidos do acampamento de Lake — abalados por um uso intenso que deve ter incluído serem arrastados à força por longos trechos de construção sem neve nem destroços, assim como bastante transporte à mão em locais completamente intransitáveis.

Eles foram cuidadosa e inteligentemente embalados e enfaixados, e continham coisas memoravelmente familiares: o fogão à gasolina, recipientes de combustível, embalagens de instrumentos, latas de provisões, lonas obviamente abarrotadas com livros e algumas com objetos menos óbvios — tudo proveniente do aparato de Lake.

Depois do que havíamos descoberto naquele outro quarto, estávamos de certo modo preparados para esse encontro. O choque maior mesmo veio quando pisamos em uma lona cujos contornos peculiarmente nos inquietara e a desmontamos. Parece que outros, assim como Lake, estiveram interessados em colecionar espécimes típicos, pois havia dois aqui, ambos duros de tão congelados, perfeitamente preservados, com esparadrapos envolvendo pontos em que algumas feridas em volta do pescoço haviam ocorrido e embrulhados com cuidado para evitar dano futuro. Eram o corpo do jovem Gedney e o do cão desaparecido.

Capítulo 10

Muitas pessoas nos tomarão por insensíveis, assim como loucos, por pensar no túnel para o norte e no fosso logo após nossa sombria descoberta, e não estou preparado para dizer que imediatamente reviveríamos esses pensamentos exceto por uma circunstância específica que se impôs sobre nós e estabeleceu toda uma nova linha de especulações. Havíamos substituído aquela lona sobre o pobre Gedney e ficamos em uma espécie de estupefação muda quando os sons finalmente atingiram nossa consciência — os primeiros sons que tínhamos ouvido desde a descida a partir do local onde o vento se lamuriava levemente das alturas sobrenaturais. Apesar da natureza bem conhecida e mundana desses sons, sua presença neste mundo remoto de aniquilamento era mais inesperada e perturbadora do que qualquer tom grotesco ou fabuloso que pudesse ter havido — já que renderam uma nova inquietação a nossas noções de harmonia cósmica.

Se tivesse havido algum traço daquela melodia bizarra que o relatório de Lake da dissecção havia nos levado a esperar — e que, na verdade, fazia nossa imaginação exagerada interpretar cada uivo do vento que ouvíamos desde nossa chegada ao horror do acampamento — isso teria tido um tipo de congruência diabólica com a região há muito abandonada em volta de nós. Uma voz de outras épocas pertence a um cemitério de outras épocas. Do jeito que estava, entretanto, o barulho destruía todo os ajustes que havíamos feito — toda a nossa tácita aceitação do interior do continente antártico como uma deserto completa e irrevogavelmente vazio de qualquer vestígio de vida normal. O que ouvimos não foi a fabulosa nota de alguma blasfêmia enterrada de uma terra antiga de cuja dureza elevada um sol polar havia evocado uma resposta monstruosa. Em vez disso, era uma coisa tão zombeteiramente normal e tão inequivocamente familiar para nós em decorrência dos dias que passamos no mar da Terra de Vitória e no acampamento no Estreito de McMurdo que estremecemos só de pensar nisso aqui, onde coisas assim não deveriam estar. Para ser breve — era o simples grasnado rouco de um pinguim.

O som abafado vinha de recantos subglaciais quase opostos ao corredor de onde tínhamos vindo — regiões bem na direção daquele outro túnel que levava ao vasto abismo. A presença de um pássaro aquático vivo nesse local — em um mundo cuja superfície era sem vida e uniforme — só podia levar a uma conclusão; logo, nosso primeiro pensamento foi verificar a realidade objetiva do som. Era, de fato, repetido, e parecia às vezes vir de mais de uma garganta. Procurando sua origem, entramos em um arco do qual muitos destroços haviam sido retirados; retomando nossa trilha de papel picado — com um suprimento extra de papel tirado com estranha repugnância de um dos fardos de lona nos trenós — quando deixamos a luz do dia para trás.

**NAS MONTANHAS
DA LOUCURA**

Quando o chão congelado deu lugar a fragmentos de detritos, claramente discernimos algumas trilhas curiosas e arrastadas; e uma vez Danforth encontrou uma pegada distinta de um tipo cuja descrição seria simplesmente supérflua demais. O curso indicado pelos ruídos dos pinguins era precisamente o que nosso mapa e bússola prescreviam como uma maneira de chegar à entrada do túnel para o norte, e ficamos felizes em descobrir que uma via sem pontes estava aberta nos níveis térreo e subsolo. O túnel, de acordo com nosso gráfico, devia começar do subsolo de uma estrutura piramidal grande de que nós nos recordávamos um pouco de nossa pesquisa área como algo bem preservado. Ao longo do nosso caminho, aquela única lanterna mostrou uma profusão de entalhes com os quais já estávamos acostumados, mas não pausamos para examinar nenhum desses.

De repente, uma forma branca volumosa surgiu na nossa frente, e acendemos a segunda lanterna. Era estranho o quanto essa nova procura havia tirado completamente o foco dos nossos pensamentos dos medos iniciais do que poderia estar à espreita. Aqueles outros, tendo deixado seu estoque no grande local circular, devem ter planejado retornar após sua viagem de reconhecimento no abismo. No entanto, agora havíamos descartado toda a precaução que os envolvia, como se nunca tivessem existido. Esse ser branco e bamboleante media seis pés de altura, embora pudéssemos perceber imediatamente que não era um daqueles outros. Eles eram maiores e escuros e, de acordo com as esculturas, seu movimento sobre superfícies terrestres era veloz e seguro, apesar da esquisitice de seu tentáculo aquático. Mas dizer que a coisa branca não nos amedrontava profundamente seria em vão. Fomos, na verdade, agarrados momentaneamente por um temor primitivo quase mais afiado do que o pior dos medos no que dizia respeito àqueles outros. Então, veio um lampejo de anticlímax quando a forma branca se esgueirou para um arco lateral à nossa esquerda para se reunir a dois outros exemplares do mesmo tipo que a convocaram em tons estridentes. Era apenas um pinguim — apesar de ser de uma espécie enorme, desconhecida, maior do que os maiores pinguins-rei e monstruoso em sua combinação de albinismo e quase ausência de olhos.

Quando seguimos a tal coisa até os arcos e ambos direcionamos nossas lanternas para um grupo de três indivíduos indiferentes e desatentos, vimos que eram todos albinos e sem olhos da mesma espécie desconhecida e gigantesca. O tamanho deles nos remeteu a alguns dos arcaicos pinguins representados nas esculturas dos Antigos, e não demorou muito para concluirmos que eles descendiam da mesma linhagem — sem dúvida sobrevivendo porque se retiravam a alguma região interna mais quente, cuja escuridão perpétua havia destruído sua pigmentação e atrofiado seus olhos até que virassem meros cortes inúteis. Nem por um momento tivemos dúvida de que seu habitat era o abismo ou fosso que procurávamos, e essa evidência da habitabilidade continuada e acolhedora do golfo nos encheu das fantasias mais curiosas e sutilmente perturbadoras.

Ficamos pensando também no que havia motivado esses três pássaros a se aventurar fora de seu habitat natural. O estado e o silêncio da grande cidade morta deixavam claro que em nenhum momento ela havia sido uma comum colônia sazonal, enquanto a indiferença manifesta do trio à nossa presença tornou estranho que qualquer grupo daqueles outros passando os tivesse alarmado. Seria possível que aqueles outros haviam tido alguma reação agressiva e tentado aumentar seu estoque de carne? Questionamos se aquele odor pungente que os cães haviam odiado poderia causar uma antipatia igual a esses pinguins, já que seus ancestrais haviam obviamente vivido em perfeita harmonia com os Antigos — uma relação amigável que deve ter sobrevivido no abismo abaixo enquanto qualquer um dos Antigos permanecesse. Recobrando uma chama do velho espírito científico, lamentamos não poder ter fotografado essas criaturas anômalas, já que logo tivemos que deixá-las com seus grasnidos e seguir em direção ao fosso cuja abertura estava agora tão comprovada, e cuja exata direção pegadas ocasionais de pinguins deixavam claras.

NAS MONTANHAS DA LOUCURA

Não muito depois, uma descida íngreme por um corredor longo, baixo, sem porta e peculiarmente não decorado com esculturas nos levou a acreditar que finalmente nos aproximávamos da boca do túnel. Havíamos passado por mais dois pinguins, e ouvido outros logo à frente. Então, o corredor terminou em um prodigioso espaço aberto que nos fez suspirar involuntariamente — um perfeito hemisfério invertido, obviamente fundo no subsolo; media cem pés de diâmetro e cinquenta de altura, com arcos baixos que se abriam em torno de todas as partes da circunferência, exceto uma, e esta se escancarava assombrosamente com uma abertura escura, arqueada, que quebrava a simetria da abóbada a uma altura de quase quinze pés. Era a entrada do grande abismo.

Nesse vasto hemisfério, cujo teto côncavo era impressionantemente esculpido a ponto de parecer um domo primordial e celestial, apesar de decadente, uns poucos pinguins albinos bamboleavam — estranhos ali, mas indiferentes e invisíveis. O túnel negro se abria indefinidamente para um degrau íngreme, que descia; sua abertura era adornada com molduras e ripas grotescamente esculpidas. Daquela entrada enigmática imaginamos uma corrente de ar levemente mais quente, e talvez até mesmo viesse dali algum vapor; e passamos a imaginar quais outros seres vivos além de pinguins o vazio sem limites abaixo e as contíguas formações alveoladas da terra e das enormes montanhas deviam esconder. Ficamos imaginando também se o traçado da fumaça que saía do topo que fora primeiramente notado por Lake, assim como a estranha névoa que nós mesmos havíamos percebido em torno do pico coroado pela muralha, não poderia ser causado por algum vapor que vinha de regiões impenetráveis do centro da Terra.

Entrando no túnel, vimos que seu contorno tinha, pelo menos no começo, cerca de quinze pés em cada sentido — laterais, chão e teto arqueado compostos da usual alvenaria megalítica. As laterais eram esparsamente decoradas com cartuchos de desenhos convencionais em um estilo tardio e deteriorado; e toda a construção e os entalhes estavam maravilhosamente bem preservados. O chão estava bem limpo, exceto por leves detritos levando às pegadas dos pinguins saindo e daqueles outros entrando. Quanto mais se avançava, mais quente ficava, assim, logo começamos a desabotoar nossos casacos. Imaginamos se havia manifestações realmente impetuosas no subsolo e se as águas daquele mar sem sol eram quentes. Após percorrer uma distância curta, a alvenaria deu lugar à rocha sólida, embora o túnel mantivesse as proporções e apresentasse o mesmo aspecto regular de entalhe. Ocasionalmente, os degraus ficavam tão íngremes que sulcos se formavam no chão. Muitas vezes notamos a abertura de pequenas galerias laterais não registradas em nossos diagramas; nenhuma delas chegava a complicar o nosso retorno, e todas funcionavam como possíveis refúgios caso fôssemos mal recebidos por seres em seu caminho de volta do abismo. O cheiro não identificado dessas coisas era bem nítido. Sem dúvida, seria como um suicídio tolo se aventurar naquele túnel mesmo sob condições conhecidas, mas a tentação do incompreendido é mais forte em determinadas pessoas do que a maioria suspeita — de fato, fora uma tentação como essa que havia nos conduzido para esse deserto polar sobrenatural, para começo de conversa. Vimos vários pinguins conforme passávamos, e especulamos sobre a distância que teríamos que atravessar. Os entalhes haviam nos levado a esperar uma descida íngreme de cerca de uma milha até o fosso, mas nossas andanças anteriores haviam nos mostrado que não devíamos confiar em questões de escala.

Após cerca de um quarto de milha, aquele odor obscuro ficou muito acentuado, e registramos cuidadosamente as várias aberturas laterais pelas quais passamos. Não havia vapor visível como na entrada, mas sem dúvida isso era causado pela falta de contraste com um ar mais frio. A temperatura subia rapidamente, e ficamos surpresos em nos deparar com um monte irregular de material que de tão familiar nos fez estremecer. Eram peles e tecidos das barracas do acampamento de Lake, mas não paramos para estudar as formas bizarras nas quais essas peças haviam sido cortadas. Bem pouco além desse ponto, notamos um definido aumento no tamanho e quantidade de galerias laterais e concluímos que devíamos ter chegado à região alveolar abaixo dos sopés mais altos. O cheiro desconhecido agora havia curiosamente se misturado com outro odor um pouco menos ofensivo — de cuja natureza nem suspeitávamos, embora pensássemos em organismos em decomposição e talvez fungos subterrâneos desconhecidos. Então, houve uma incrível expansão do túnel para a qual os desenhos nas esculturas não haviam nos preparado — um alargamento e uma abertura para uma caverna elíptica de aparência natural com piso plano, de cerca de setenta e cinco pés de comprimento e cinquenta de largura, e com imensas passagens laterais que levavam à escuridão enigmática.

Ainda que essa caverna tivesse aspecto natural, uma inspeção com ambas as lanternas sugeria que havia sido formada pela destruição artificial de várias paredes entre os alvéolos adjacentes. As paredes eram rústicas e o teto alto e abobadado estava cheio de estalactites, mas o chão de rocha sólida havia sido nivelado e estava livre de destroços ou mesmo de poeira de uma maneira nitidamente anormal. Exceto pela avenida pela qual havíamos chegado até ali, isso se aplicava ao chão de todas as grandes galerias que se abriam dali; e a singularidade da condição era tamanha que nos deixou ligeiramente confusos. O curioso novo fedor que havia complementado aquele cheiro que não identificávamos era pungente aqui, tanto que destruía todos os traços do outro. Algo sobre todo esse lugar, com seu chão polido e quase brilhante, deixava-nos com uma sensação mais desconfortável e horrível do que qualquer coisa monstruosa que havíamos encontrado antes.

A regularidade da passagem imediatamente em frente, assim como a maior proporção de pinguins ali, impedia que houvesse confusão quanto ao curso certo em meio à pletora de entradas de caverna igualmente grandes. No entanto, resolvemos retomar nosso rastro de pedaços de papel para o caso de qualquer imprevisto. Quanto a trilhas de poeira, claro que não encontraríamos mais. Ao retomar nosso progresso direto, lançamos um feixe de luz da lanterna sobre as paredes do túnel — e paramos estupefatos diante da mudança extremamente radical que aconteceu nos entalhes nessa parte da passagem. Percebemos, claro, a grande decadência das esculturas dos Antigos na época da construção do túnel, e tínhamos também notado o trabalho manual inferior dos arabescos nos trechos atrás de nós. Mas agora, na seção mais profunda para dentro da caverna, havia uma diferença repentina que transcendia qualquer explicação — uma diferença na natureza básica, bem como na mera qualidade, e envolvendo uma degradação tão profunda e calamitosa de habilidade, que nada na taxa de declínio até então observada levaria alguém a esperar.

Esse trabalho novo e degenerado era tosco, grosseiro e completamente desprovido de delicadeza de detalhes. Era rebaixado com profundeza exagerada em faixas seguindo a mesma linha geral dos esparsos cartuchos de seções anteriores, mas a altura dos relevos não chegava ao nível da superfície geral. Danforth teve a ideia de que seriam entalhes secundários — um tipo de palimpsesto formado após a obliteração de um desenho anterior. Sua natureza era totalmente decorativa e convencional, e consistia de espirais e ângulos brutos que seguiam rusticamente a tradição do quintil matemático dos Antigos, embora parecesse mais uma paródia do que a perpetuação daquela tradição. Não conseguíamos tirar da nossa cabeça que algum elemento alienígena sutil, mas profundo, havia sido adicionado ao sentimento estético por trás da técnica — um elemento estranho, Danforth sugeriu, responsável pela trabalhosa substituição.

Parecia-se — apesar de perturbadoramente diferente — com o que tínhamos reconhecido como a arte dos Antigos. Eu constantemente me lembrava desses seres híbridos como as desajeitadas esculturas construídas à maneira romana que podiam ser vistas em Palmira. Que outros haviam recentemente notado essa faixa de entalhes foi possível perceber pela presença de uma pilha usada de lanterna no chão, diante de um dos cartuchos mais característicos.

Já que não podíamos perder muito tempo em estudos, retomamos nosso avanço depois de uma observação superficial, mas seguimos com frequência lançando luzes sobre as paredes para verificar se havia mais mudanças na decoração. Nada do tipo foi notado, a despeito de os entalhes estarem em locais exíguos em virtude das numerosas entradas de túneis laterais com chão nivelado. Vimos e ouvimos menos pinguins, mas pensamos ter captado uma vaga suspeita de um coro infinitamente longínquo vindo de algum lugar nas profundezas da Terra. O odor novo e inexplicável ficou terrivelmente forte, e mal podíamos detectar sinal daquele outro cheiro que não sabíamos nomear. Lufadas de vapor visíveis logo à frente evidenciavam o contraste cada vez maior de temperatura, e a relativa proximidade das falésias sem sol do grande abismo. Então, inesperadamente, vimos alguns obstáculos no chão polido logo em frente — obstáculos que definitivamente não eram pinguins — e acendemos nossa segunda lanterna depois de nos certificar de que não se moviam.

Capítulo 11

Mais uma vez, eu chegava a um ponto em que era difícil continuar. Eu já devia estar calejado a essa altura, mas existem algumas experiências e insinuações que marcam tão profundamente que não permitem a cura, e acrescentam apenas sensibilidade extra, fazendo com que a memória traga de volta todo o horror já presenciado. Vimos, como eu já disse, alguns obstáculos no chão polido logo à frente, e posso acrescentar que nossas narinas foram atacadas quase simultaneamente por uma intensificação muito curiosa do estranho e predominante fedor, agora bastante misturado com o mau cheiro desconhecido que havíamos sentido antes. A luz da segunda lanterna não deixou dúvidas do que eram os obstáculos, e ousamos nos aproximar deles apenas porque podíamos ver, mesmo que a distância, que eram tão inofensivos quanto haviam sido os seis espécimes similares desenterrados dos descomunais túmulos em formato de estrela no acampamento do pobre Lake.

Eles também não estavam completos, assim como a maioria daqueles que haviam sido desenterrados — embora ficasse claro pela espessa piscina verde-escura em volta deles que sua incompletude era infinitamente mais recente. Parecia haver apenas quatro deles, enquanto os boletins de Lake teriam sugerido não menos que oito formando o grupo que nos havia precedido. Encontrá-los nesse estado era totalmente inesperado, e ficamos imaginando que tipo de hedionda batalha havia ocorrido ali embaixo no escuro.

Pinguins, quando atacados em conjunto, retaliam com brutalidade usando os bicos, e nossos ouvidos agora tinham certeza da existência de uma colônia mais ao longe. Será que aqueles outros haviam perturbado o local e causado uma caça assassina? Os obstáculos não sugeriam isso, pois os bicos dos pinguins contra os tecidos duros que Lake havia dissecado não podiam provocar o terrível estrago que nosso olhar começava a detectar. Além disso, as enormes e cegas aves que víramos pareciam ser singularmente pacíficas.

Teria havido então uma luta entre aqueles outros, e seriam os quatro que estavam sumidos responsáveis? Se sim, onde estavam? Estariam próximos e em vias de se configurar iminente ameaça para nós? Olhamos de relance para algumas das passagens laterais com piso liso enquanto continuávamos nossa aproximação lenta e francamente relutante. Qualquer que fosse o conflito, claramente tinha sido o que havia assustado os pinguins em sua andança insólita. Deve ter surgido, então, perto daquilo que ouvíamos levemente e achávamos que era uma colônia no golfo logo atrás, já que não havia sinais de que qualquer ave usualmente morasse ali. Talvez, pensamos, teria havido uma horrível briga, com a parte mais fraca procurando voltar aos trenós armazenados quando seus perseguidores os encontraram. Podia-se imaginar o demoníaco confronto entre seres monstruosos inominados saindo do abismo escuro e grandes nuvens de frenéticos pinguins grasnando e correndo.

Digo que nos aproximamos daqueles obstáculos dispersos e incompletos vagarosa e relutantemente. Quiséramos nunca ter chegado perto deles, e sim corrido de volta em máxima velocidade saindo daquele túnel blasfemo com os pisos lisos escorregadios e os degenerados murais imitando e ridicularizando as coisas que haviam substituído — corrido de volta, antes de ter visto o que vimos, e antes que nossa mente fosse marcada com algo que nunca nos permitiria respirar com facilidade de novo!

As luzes de ambas as nossas lanternas se fixaram nos objetos inertes, de maneira que logo percebemos o fator dominante em sua incompletude. Maltratados, comprimidos, revirados e rotos como estavam, o principal dano que apresentavam era a decapitação. A cabeça em formato de estrela-do-mar com tentáculos havia sido removida de cada um; e quando chegamos mais perto, vimos que o modo de remoção se parecia mais com um rasgo ou sucção infernal do que qualquer forma ordinária de clivagem. O pernicioso icor verde-escuro formava uma piscina grande e espalhada, mas seu odor era ligeiramente ofuscado pelo fedor mais novo e estranho, aqui mais pungente do que em qualquer ponto ao longo da rota. Apenas quando chegamos muito próximos dos obstáculos dispersos, pudemos relacionar aquele odor secundário e inexplicável a uma fonte imediata — e no instante em que fizemos isso, Danforth, relembrando de uma escultura muito vívida da história dos Antigos no período Permiano, cento e cinquenta milhões de anos atrás, deixou escapar um grito perturbado que ecoou histericamente por aquela passagem abobadada e arcaica com os entalhes malignos e cheios de palimpsestos.

Acabei ecoando seu grito, pois eu também havia visto as esculturas primitivas, e havia admirado com estremecimento o modo como o inominado artista evocara a hedionda cobertura grudenta encontrada em certos Antigos incompletos e prostrados — aqueles que os temíveis Shoggoths haviam caracteristicamente matado e cuja cabeça haviam sugado de forma horripilante na grande guerra de reconquista. Eram esculturas infames, assustadoras mesmo quando retratavam seres passados, velhos, pois os Shoggoths e seu trabalho não deveriam ser vistos por humanos ou retratados por quaisquer seres. O insano autor do *Necronomicon* obstinadamente havia tentado jurar que nenhum nascera neste planeta, e que apenas sonhadores entorpecidos poderiam os ter concebido. Protoplasma amorfo capaz de imitar e refletir todas as formas, órgãos e processos — aglutinações viscosas de células borbulhantes — esferoides elásticos de quinze pés, infinitamente plásticos e maleáveis — escravos de induções, construtores de cidades — cada vez mais soturnos, cada vez mais inteligentes, cada vez mais anfíbios, cada vez mais imitativos! Meus Deus! Que loucura levou até mesmo aqueles blasfemos Antigos a querer usar e esculpir essas coisas?

E agora, quando Danforth e eu vimos a gosma negra brilhante e iridescente que grudava naqueles corpos sem cabeça e fedia obscenamente somada àquele odor novo e desconhecido cuja causa apenas uma imaginação doentia poderia prever — agarrado àqueles corpos e brilhando menos em uma parte nivelada das paredes desgraçadamente reesculpidas em uma série de pontos agrupados — nós entendemos o valor do medo cósmico na sua mais extrema profundeza. Não era medo daqueles quatro outros desaparecidos — pois seguramente suspeitávamos que eles não causariam danos novamente. Pobres diabos! Afinal, eles não eram seres do mal daquele tipo. Eram homens de outra era e de outra ordem de existência. A natureza havia pregado uma peça diabólica neles — assim como pregará em todos os outros que a loucura, insensibilidade ou crueldade humanas possam futuramente desenterrar naquele deserto polar morto e adormecido — e esse era seu trágico regresso. Eles não podiam nem ser considerados selvagens, pois o que é que tinham feito? Aquele terrível despertar no frio de uma época desconhecida — talvez um ataque dos quadrúpedes peludos e latindo freneticamente e uma defesa confusa contra eles e os símios brancos igualmente frenéticos com estranhos envoltórios e parafernália... Pobre Lake, pobre Gedney... e pobres Antigos! Cientistas até o fim — o que é que eles haviam feito que nós não teríamos feito no lugar deles? Deus, que inteligência e persistência! Como encararam o inacreditável, assim como aqueles parentes e antepassados esculpidos haviam encarado coisas apenas um pouco menos inacreditáveis! Irradiados, vegetais, monstruosidades, filhos das estrelas — o que quer que tenham sido, eles eram homens!

Eles haviam atravessado aqueles picos congelados em cujas colinas em forma de templos eles haviam louvado e perambulado entre as árvores. Tinham encontrado sua cidade morta inquietante debaixo de seu curso, e tinham lido os últimos dias entalhados nas paredes como nós havíamos feito. Eles tinham tentado alcançar seus companheiros vivos em lendárias profundezas de escuridão que nunca haviam visto — e o que tinham encontrado? Tudo isso veio em uníssono pelos pensamentos de Danforth e meus enquanto olhávamos daquelas formas sem cabeça e cobertas de gosma para as repugnantes esculturas em palimpsestos e os diabólicos pontos agrupados de gosma fresca na parede ao lado deles — olhávamos e entendíamos o que deve ter triunfado e sobrevivido lá embaixo na cidade ciclópica de água daquele abismo escuro e cercado de pinguins, de onde mesmo agora começava a sair uma névoa ondulante como se fosse uma resposta ao grito histérico de Danforth.

O choque ao reconhecer aquela gosma horrenda e sem cabeça havia nos deixado mudos e imóveis, e foi apenas em conversas posteriores que entendemos a completa identidade de nossos pensamentos naquele momento. Parecia que estávamos ali há eras, mas na verdade poderia não ter sido mais do que dez ou quinze segundos. Aquela névoa odiosa, pálida, fazia curvas à frente, como que movida por uma massa remota que avançava — e então houve um som que abalou muito do que acabáramos de decidir e, ao fazer isso, quebrou o encanto e nos fez correr como loucos, passando pelos pinguins grasnando e confusos e voltando pela trilha que tínhamos feito a partir da cidade, ao longo de corredores megalíticos afundados pelo gelo até o grande círculo aberto, e subindo aquela rampa arcaica em espiral em um mergulho frenético e automático até o ar puro do lado de fora e a luz do dia.

    O novo som, como eu disse, abalou muito do que havíamos decidido, porque era o que as dissecações de Lake tinham nos levado a atribuir àqueles que havíamos julgado mortos. Era, Danforth me disse mais tarde, precisamente o que ele havia captado em forma abafada quando passava por aquele ponto além do canto da viela sobre o nível glacial; e com certeza guardava impressionante semelhança aos assobios do vento que ambos ouvíramos em torno das elevadas cavidades das montanhas. Mesmo correndo risco de parecer infantil, acrescentarei também que era surpreendente como as impressões de Danforth combinavam com as minhas. Claro que leituras em comum nos prepararam para fazer essas interpretações, embora Danforth tivesse noções esquisitas sobre fontes insuspeitas e proibidas às quais Poe pode ter tido acesso quando escreveu *A Narrativa de Arthur Gordon Pym* um século atrás. Será lembrado que nessa história fantástica há uma palavra de importância desconhecida, mas terrível e prodigiosa, conectada com o antártico e gritada eternamente pelos gigantescos e espectrais pássaros da neve do coração daquela região maligna. "Tekeli-li! Tekeli-li!". Isso, devo admitir, é exatamente o que pensamos ter ouvido naquele som repentino por trás da névoa branca que avançava — aquele assobio insidioso que variava de maneira singular.

    Já estávamos longe antes de três notas ou sílabas terem sido proferidas, ainda que soubéssemos que a rapidez dos Antigos permitiria que qualquer sobrevivente do massacre despertado por gritos nos alcançasse com facilidade, se realmente desejasse. Tínhamos uma vaga esperança, todavia, de que uma conduta não agressiva e uma demonstração de raciocínio semelhante pudessem nos poupar em caso de sermos capturados, nem que fosse pela curiosidade científica. Afinal, se esse ser não tivesse o que temer por si mesmo, não teria motivos para nos machucar. Como nos esconder era inútil nessa circunstância, usamos nossa lanterna para olhar rapidamente para trás, e percebemos que a névoa estava se dissipando. Será que finalmente veríamos um espécime completo e vivo daqueles outros? Mais uma vez ouvimos aquele assobio musical — "Tekeli-li! Tekeli-li!". Então, notando que estávamos em vantagem em relação ao nosso perseguidor, ocorreu-nos que o ser poderia estar machucado. Não podíamos arriscar, no entanto, já que ele estava obviamente se aproximando em resposta ao grito de Danforth, em vez de fugindo de qualquer outro ser. Já não dava mais tempo de ter dúvida. Sobre o paradeiro daquele pesadelo menos concebível e menos mencionável — aquela montanha de protoplasma fétida que jorrava gosma cuja raça havia conquistado o abismo e mandado pioneiros da terra para esculpir novamente e se contorcer pelos refúgios das colinas — não tínhamos palpites; e nos dava uma genuína pontada de dor ter de deixar para trás esse Antigo provavelmente avariado — talvez um sobrevivente solitário — à mercê do perigo de ser recapturado e de uma sorte desconhecida.

Ainda bem que não relaxamos na nossa corrida. A névoa havia engrossado de novo, e surgia com velocidade cada vez maior, enquanto os pinguins perdidos na nossa retaguarda continuavam grasnando, gritando e emitindo sinais de um pânico realmente surpreendente em comparação com a confusão relativamente pequena de quando passamos por eles. mais uma vez surgiu aquele assobio sinistro e de amplo escopo — "Tekeli-li! Tekeli-li!". Estivéramos errados. A coisa não estava machucada, tinha simplesmente pausado ao encontrar o corpo de seus parentes caídos e a inscrição gosmenta e diabólica sobre eles. Nunca poderíamos saber o que aquela mensagem demoníaca era — mas aqueles sepultamentos no acampamento de Lake haviam mostrado quanta importância aqueles seres atribuíam a seus mortos. Nosso uso imprudente da lanterna agora revelava à nossa frente a grande caverna aberta para onde vários caminhos convergiam, e ficamos felizes de deixar aquelas esculturas em palimpsestos — quase sentidas mesmo quando mal podiam ser vistas — para trás. Outro pensamento que o advento da caverna inspirou foi a possibilidade de perder nosso perseguidor diante desse desconcertante foco de grandes galerias. Havia vários dos pinguins albinos cegos no espaço aberto, e parecia claro que o medo deles do iminente ser era extremo ao ponto de perderem o senso de responsabilidade. Se a essa altura nós diminuíssemos a luz da nossa lanterna ao mínimo necessário para continuar, mantendo-a estritamente na nossa frente, os grasnados amedrontados dos enormes pássaros naquela névoa poderiam abafar nossos passos, camuflar nosso percurso verdadeiro e de alguma maneira levar a pistas falsas. Em meio à neblina agitada e espiralada, o chão cheio de fragmentos e sem brilho do túnel principal além desse ponto, diferentemente dos outros refúgios morbidamente polidos, mal podia formar uma característica muito notável; mesmo — até onde podíamos conjecturar — por aqueles sentidos especiais que tornavam os Antigos parcialmente, embora imperfeitamente, independentes de luz em emergências. De fato, estávamos um pouco apreensivos quanto à possibilidade de nos perder em decorrência de nossa pressa. Pois tínhamos, é claro, decidido seguir direto para a cidade morta, já que as consequências de se perder naquele emaranhado alveolado desconhecido no sopé da montanha era impensável.

O fato de que sobrevivemos e conseguimos voltar à superfície é prova suficiente de que a coisa pegou mesmo uma galeria errada enquanto providencialmente alcançamos a certa. Sozinhos, os pinguins não poderiam ter nos salvado, mas, em conjunto com o nevoeiro, eles parecem ter contribuído. Apenas uma boa sorte manteria os vapores da névoa densos o suficiente no momento certo, pois estavam constantemente mudando e ameaçando desaparecer. Na verdade, eles subiram por um segundo imediatamente antes de emergirmos do túnel repugnantemente reesculpido para dentro da caverna; de modo que efetivamente conseguimos ter uma visão muito rápida e parcial da iminente entidade quando lançamos uma olhadela final, desesperada e amedrontada para trás antes de reduzir a luz da lanterna e nos misturar com os pinguins na esperança de escapar do nosso perseguidor. Se a sorte que nos camuflou era benigna, aquela que nos permitiu a olhadela era infinitamente o oposto, já que aquele lampejo de visão parcial representa metade do horror que nos assombra desde então.

Nosso motivo exato para olhar para trás de novo foi talvez não mais do que o instinto imemorial da presa para avaliar a natureza do seu caçador; ou talvez fosse uma tentativa automática de responder uma pergunta subconsciente levantada por um dos nossos sentidos. Em meio à nossa corrida, com todas as nossas faculdades centradas na questão da fuga, não tínhamos a menor condição de observar e analisar detalhes, mesmo assim, as células latentes do nosso cérebro devem ter se questionado sobre a mensagem trazida a elas por nossas narinas. Depois percebemos que nossa retirada daquela cobertura gosmenta e fétida sobre aqueles obstáculos sem cabeça, e a coincidente aproximação do ser perseguidor, não havia nos propiciado a troca de fedores que a lógica pedia. Ao redor dos seres prostrados, aquele fedor novo e inexplicável estivera completamente dominante, mas, dessa vez, ele devia ter dado lugar à fetidez desconhecida associada àqueles outros. Mas não foi o que fez, pois, ao contrário, o mais novo e mais insuportável cheiro estava agora praticamente concentrado e ficando mais e mais insistente e venenoso a cada segundo.

Portanto, parecia que tínhamos olhado para trás simultaneamente, embora sem dúvida o movimento incipiente de um houvesse impulsionado a imitação do outro. Conforme fizemos isso, direcionamos a luz de ambas as lanternas no máximo para a névoa que momentaneamente diminuía; seja por uma ansiedade primitiva de enxergar tudo que pudéssemos, seja em um esforço menos primitivo, mas igualmente inconsciente, de confundir o ser antes que reduzíssemos a luz e nos esquivássemos entre os pinguins do centro labiríntico em frente. Que ato infeliz! Nem o próprio Orfeu nem a esposa de Ló pagariam tão caro por ter olhado para trás. E de novo veio aquele assobio amplo e chocante — "Tekeli-li! Tekeli-Li!".

Posso ser bem franco — mesmo que não consiga ser muito direto — ao dizer o que vimos, mesmo que naquela época sentíssemos que não era algo que pudéssemos admitir nem um para o outro. As palavras que chegam ao leitor não são capazes de transmitir o horror da visão em si. Ela incapacitou nossa consciência tão completamente que me admiro por termos tido a noção de diminuir a luz das nossas lanternas como planejamos e pegar o túnel em direção à cidade morta. Deve ter sido puro instinto o que nos guiou, talvez melhor do que a razão teria feito, apesar de que, se foi isso que nos salvou, pagamos um preço alto. Certamente havia sobrado bem pouca razão.

Danforth estava totalmente angustiado, e a primeira coisa de que me lembro sobre o restante da jornada foi ouvi-lo cantar delirantemente uma fórmula histérica na qual apenas eu em toda a humanidade poderia ter encontrado algo além de uma insana irrelevância. Ela reverberou em ecos em falsete entre os grasnados dos pinguins; reverberou pelos tetos abobadados à frente e, graças a Deus, pelos tetos abobadados vazios atrás. Ele não poderia ter começado de uma vez — senão não estaríamos vivos e correndo cegamente. Estremeço só de pensar o que uma mínima mudança em suas reações nervosas poderia ter gerado.

"South Station – Washington – Park Street – Kendall – Central – Harvard." O coitado ficava cantando as estações de metrô familiares da linha Boston-Cambridge, que se infiltrava no nosso solo nativo e pacífico milhares de milhas distante na Nova Inglaterra, embora para mim o ritual não tivesse nem importância nem soasse íntimo. Continha apenas horror, porque eu infalivelmente conhecia a analogia monstruosa e execrável que a havia sugestionado. Tínhamos esperado, ao olhar para trás, ver um ser terrível e inacreditável se movendo caso as névoas estivessem dissipadas o bastante, e desse ser tínhamos formado uma ideia clara. O que realmente vimos — pois a neblina estava de fato malignamente rala — foi algo totalmente diferente, e imensuravelmente mais hediondo e detestável. Era a total e objetiva incorporação da "coisa que não deveria ser" do fantástico escritor, e seu mais próximo e inteligível análogo é um enorme trem de metrô avançando como alguém o vê da plataforma — surgido de uma distância subterrânea infinita, a frente grande e negra se aproximando desmesuradamente, agrupada com luzes estranhamente coloridas e preenchendo o prodigioso abrigo como um pistão preenche um cilindro.

Mas não estávamos na plataforma de uma estação. Estávamos seguindo a trilha adiante enquanto o pesadelo, a fétida coluna de plástico de iridescência negra, pingava fortemente para a frente de sua cavidade de quinze pés, ganhando uma profana velocidade e conduzindo uma espiral, tornando espessa novamente a nuvem de pálido vapor abissal. Era uma coisa mais terrível e indescritível do que qualquer trem de metrô — um amontoado de bolhas protoplasmáticas disformes, levemente iluminadas e com uma miríade de olhos temporários se formando e desformando como pústulas de luz esverdeada por toda a frente do túnel que se aproximava de nós, esmagando os pinguins frenéticos e escorregando sobre o chão brilhante que ela e seus semelhantes haviam tão malignamente varrido de qualquer resíduo. Ainda vinha aquele grito ancestral, zombeteiro — "Tekeli-li! Tekeli-li!", e finalmente nos lembramos de que os demoníacos Shoggoths — tendo recebido vida, pensamento e padrões de órgãos de plástico unicamente dos Antigos e possuindo nenhuma linguagem exceto aquela expressa pelos pontos agrupados — também não tinham voz, exceto os sons que imitavam de seus mestres passados.

Capítulo 12

Danforth e eu temos lembranças de quando emergimos no grande hemisfério esculpido e de fazer nosso caminho de volta pelas salas e corredores ciclópicos da cidade morta; no entanto, elas são puramente fragmentos de sonhos que não envolviam nenhuma lembrança de vontade, detalhes ou esforço físico. Era como se nós flutuássemos em um mundo nebuloso ou uma dimensão sem tempo, causalidade ou orientação. A meia-luz acinzentada do vasto espaço circular nos tirou do transe de alguma maneira, mas não chegamos perto dos trenós armazenados nem olhamos de novo para o coitado do Gedney e o cachorro. Eles têm um mausoléu enorme e estranho, e espero que o fim deste planeta os encontre ainda inabalados.

Foi enquanto lutávamos com a subida enorme em espiral que primeiro sentimos a fadiga e a falta de fôlego causadas pelo ar rarefeito do platô, mas nem mesmo o medo de colapsar nos fez parar antes de atingir o reino externo e normal de sol e céu. Havia algo vagamente apropriado sobre a nossa partida daquelas épocas enterradas, pois, conforme seguíamos ofegantes nosso caminho pelo cilindro de alvenaria primitiva de sessenta pés, vislumbramos atrás de nós uma contínua procissão de esculturas heroicas usando a técnica inicial e não decadente da raça morta — uma despedida dos Antigos, escrita cinquenta milhões de anos atrás.

Finalmente escalando para o topo, vimo-nos em um grande amontoado de blocos tombados, com as paredes curvas de um trabalho com pedras mais alto inclinando para o oeste, e os intrigantes picos das grandes montanhas nos mostrando além das estruturas mais desmoronadas para o leste. O sol baixo da região antártica à meia-noite despontava vermelho no horizonte através de fissuras nas ruínas recortadas, e as terríveis duração e dormência da cidade pesadelo pareciam bem mais gritantes se comparadas com aspectos razoavelmente conhecidos e usuais como as características da paisagem polar. O céu era uma massa agitada e opalescente de vapores de gelo tênues, e o frio chegava a nossos órgãos vitais. Cansados, repousamos os sacos de roupas aos quais havíamos instintivamente nos agarrado durante nossa corrida desesperada e vestimos novamente a indumentária mais pesada para a caminhada pelo labirinto de pedras até o sopé onde nossa aeronave esperava. Nada dissemos sobre o que tinha nos feito sair fugindo da escuridão dos secretos abismos e arcaicos golfos da Terra.

Em menos de quinze minutos havíamos encontrado os íngremes degraus até o sopé — a provável antiga varanda — pelos quais havíamos descido, e pudemos ver o avião em meio às esparsas ruínas na colina à frente. No meio do caminho pausamos para uma momentânea recobrada de fôlego, e voltamos a olhar para o fantástico emaranhado de incríveis formas pedregosas abaixo de nós — mais uma vez delineando um místico contorno contra um oeste desconhecido. Vimos que o céu por trás havia perdido a neblina matinal; os inquietos vapores de gelo tinham subido para o zênite, no qual seus contornos imitavam um padrão bizarro, parecendo temer a formação de algo muito definido e conclusivo.

Ali se revelava, no impressionante horizonte branco atrás da grotesca cidade, uma linha sombria e frágil de picos violetas cujos topos em forma de agulha surgiam como um sonho em contraste com a cintilante cor rosada do céu ocidental. Na direção dessa borda brilhante se inclinava a antiga planície, o curso em depressão do rio derradeiro a atravessando como uma faixa irregular de sombra. Por um segundo, arfamos em admiração pela beleza cósmica e sobrenatural da cena, e então um leve terror penetrou nossa alma; pois essa linha violeta nada mais poderia ser do que as terríveis montanhas da terra proibida — os mais altos picos e centro do mal da Terra; refúgios de horrores inomináveis e segredos arqueozoicos, combatidos e venerados por aqueles que temiam esculpir seu significado; não pisados por nenhum ser vivo na face da Terra, mas visitados por sinistros raios e mandando estranhos feixes de luz através das planícies na noite polar — sem dúvida, o arquétipo desconhecido da temida Kadath na desolação gelada além do repugnante Leng, ao qual as lendas primitivas insinuam evasivamente.

Se os mapas e imagens esculpidos naquela cidade pré-humana tivessem contado a verdade, essas montanhas de cor violeta enigmáticas não poderiam estar a menos do que trezentas milhas de distância; no entanto, claramente sua essência sombria e frágil de fato apareceu sobre a borda remota e coberta de neve, como a margem serrilhada de um planeta enorme e estranho prestes a surgir em um céu insólito. A altura delas, então, deve ter sido tremenda além de qualquer comparação — carregando-as para tênues camadas atmosféricas povoadas apenas por espectros gasosos como os aviadores apressados mal viveram para segredar após quedas inexplicáveis. Olhando para elas, nervosamente pensei em certas sugestões esculpidas do que o grande e antigo rio havia varrido para a cidade a partir das colinas amaldiçoadas — e imaginei quanta razão e quanta loucura já haviam repousado nos medos daqueles Antigos que as esculpiram de modo tão reticente. Recordei de como seu extremo setentrional deve chegar próximo à costa na Terra da Rainha Mary, onde mesmo naquele momento a expedição de Sir Douglas Mawson estava sem dúvida trabalhando a menos de mil milhas de distância, e esperava que nenhuma má sorte desse a Sir Douglas e sua equipe um vislumbre do que deve repousar para além daquela cadeia de montanha costeira protetora. Tais pensamentos davam a medida da minha condição sobrecarregada naquele tempo — e Danforth parecia estar ainda pior.

Mesmo bem antes de passar pela grande ruína em formato de estrela e alcançar nosso avião, nossos medos haviam se transferido para aquela cadeia menor, mas grande o bastante, cuja travessia de volta estava bem à nossa frente. A partir desses sopés, colinas negras e encrustadas de ruínas se erguiam total e terrivelmente contra o leste, de novo nos lembrando daquelas estranhas pinturas asiáticas de Nicholas Roerich; e quando pensávamos nos seres assustadores e amorfos que poderiam ter empurrado seu caminho fétido e contorcido até o extremo dos ocos picos, não conseguíamos encarar sem pânico a perspectiva de navegar novamente por aquelas sugestivas bocas de cavernas viradas para o céu onde o vento produzia sons como um maligno assobio musical de grande escala. Para piorar, vimos traços distintos de uma névoa local em torno de vários dos picos — como Lake deve ter visto quando cometeu aquele erro inicial sobre vulcanismo — e pensamos estremecendo naquela névoa familiar da qual acabáramos de escapar; nela e naquele abismo blasfemo e fomentador de horrores de onde vinham todos os tais vapores.

Tudo estava bem com o avião e, desajeitados, arrastamos nossas peles grossas apropriadas para voo. Danforth colocou o motor para funcionar sem problemas, e fizemos uma decolagem bastante tranquila sobre a cidade pesadelo. Abaixo de nós, a alvenaria ciclópica se espalhava assim como quando a avistamos pela primeira vez, e começamos a subir e virar para testar o vento para cruzar a passagem. Em um nível muito alto deve ter havido bastante turbulência, já que as nuvens de poeira de gelo do zênite faziam todo tipo de coisas fantásticas, mas a 24 mil pés, a altura de que precisávamos para a passagem, consideramos a navegação bastante viável. Conforme nos aproximamos dos picos salientes, o estranho assobio do vento se tornou presente de novo, e pude ver as mãos de Danforth tremendo nos controles da aeronave. Mesmo sendo completamente amador, pensei que naquele momento eu seria melhor piloto do que ele para efetuar essa perigosa travessia entre os dois picos. E quando fiz menção de trocar de lugar e assumir as responsabilidades dele, Danforth não protestou. Tentei juntar toda a minha habilidade e meu autocontrole, e mirei aquela parte avermelhada e distante do céu entre as paredes da passagem — resolutamente me recusando a prestar atenção aos sopros de vapores no topo da montanha, e desejando que tivesse os ouvidos cobertos com cera como os homens de Ulisses na ilha das sereias para tirar da minha cabeça aquele assobio do vento.

Mas Danforth, livre da obrigação de pilotar e incitado a um perigoso estado de nervoso, não conseguiu se acalmar. Senti que ele estava inquieto porque ficava olhando ora para trás para a cidade que desaparecia, ora para a frente para os picos cheios de cavernas, ora para os lados para o mar sombrio de colinas de neve repletas de muralhas e ora para cima para o céu grotescamente em ebulição e repleto de nuvens. Foi bem quando eu estava tentando esgueirar a aeronave pela passagem que seu grito insano nos levou tão perto do desastre ao abalar minha concentração e me fazer me atrapalhar com os controles por um momento. Um segundo depois, minha resolução triunfou, e fizemos a passagem com segurança — embora eu tenha receio de que Danforth jamais será o mesmo novamente.

Eu disse que Danforth se recusou a me contar qual horror final o fez gritar de maneira tão insana — um horror que, infelizmente eu tenho certeza, é o principal responsável por seu estado atual. Tivemos trechos de conversas gritadas sobre o barulho do assobio do vento e do motor do avião buzinando conforme chegávamos ao lado seguro da cadeia de montanha e descíamos para o acampamento, mas elas tiveram mais a ver com a promessa que fizemos de manter segredo enquanto nos preparávamos para deixar a cidade pesadelo. Certas coisas, havíamos concordado, não eram para as pessoas saberem e discutirem levianamente — e eu não falaria delas agora exceto pela necessidade de deter a Expedição Starkweather-Moore, e outras, a qualquer custo. É absolutamente necessário, pela paz e segurança da humanidade, que alguns recantos escuros e mortos e profundezas incompreendidas da Terra sejam deixados em paz para que aberrações adormecidas não despertem renovadas para a vida e pesadelos sobreviventes não se contorçam para fugir de seus covis e se lancem a mais novas e maiores conquistas.

Tudo que Danforth insinuou foi que o horror final foi uma miragem. Ele alega que não era nada conectado com os cones e cavernas daquelas montanhas da loucura cheias de ecos, vapores e recônditos habitados por vermes que nós cruzamos; e sim um único olhar de relance fantástico e demoníaco, entre as agitadas nuvens de zênite, para o que ficava atrás daquelas montanhas cor de violeta que os Antigos haviam evitado e temido. É bastante provável que a coisa tenha sido um claro delírio nascido a partir das tensões anteriores pelas quais havíamos passado e da real, porém irreconhecível, miragem na véspera da cidade transmontana morta próximo ao acampamento de Lake; no entanto, foi tão real para Danforth que ele ainda sofre por isso.

Em raras ocasiões ele murmurou coisas desconjuntadas e irrefletidas sobre "o poço negro", "a borda esculpida", "os protótipos de Shoggoths", "os sólidos sem janelas de cinco dimensões", "o cilindro sem nome", "o Pharos mais velho", "Yog-Sothoth", "a primitiva geleia branca", "a cor fora do espaço", "as asas", "os olhos na escuridão", "a escada para a lua", "o original, o eterno, o imortal" e outras concepções bizarras. Mas quando está totalmente consciente, ele repudia tudo isso e atribui esse delírio às suas leituras prévias de textos macabros. Danforth, na verdade, é conhecido por estar entre os poucos que já ousaram encarar a horripilante cópia do *Necronomicon* mantida a sete chaves na biblioteca da faculdade.

O céu alto, quando cruzamos a cadeia de montanha, estava vaporoso e agitado o bastante; e, embora eu não visse o zênite, posso muito bem imaginar que os redemoinhos de poeira de gelo devem ter assumido formas estranhas. A imaginação, sabendo quão vívidas cenas distantes podem às vezes ser refletidas, refratadas e ampliadas por camadas de inquietas nuvens, deve facilmente ter fornecido o restante — e, claro, Danforth não sugeriu nenhum desses horrores específicos até que sua memória tivesse a chance de se valer de suas leituras passadas. Ele nunca poderia ter visto tanto em uma olhadela tão instantânea.

Na época, seus gritos se resumiram à repetição de uma única e insana palavra vinda de uma fonte óbvia demais: "Tekeli-li! Tekeli-li!".

O Inominável

Estávamos sentados em um túmulo dilapidado do século 17 no final da tarde de um dia de outono no velho cemitério em Arkham especulando sobre o inominável. Encarando o gigante salgueiro no cemitério, cujo tronco quase havia engolido uma lápide velha e ilegível, eu havia feito uma observação fantástica sobre a nutrição espectral e não mencionável que as colossais raízes deviam estar recebendo daquela terra velha e com resquícios de ossos, quando meu amigo me censurou por esse disparate e disse que já que fazia mais de cem anos que não ocorria nenhum enterro, nada poderia existir que alimentasse a árvore de uma maneira diferente da habitual. Além disso, ele acrescentou, minha constante conversa sobre coisas "inomináveis" ou "não mencionáveis" era um subterfúgio bastante infantil, bem condizente com minha humilde posição de autor. Eu gostava demais de terminar minhas histórias com visões ou sons que paralisavam as faculdades dos meus heróis e os deixavam desprovidos de coragem, palavras ou associações para dizer o que tinham experimentado.

    Conhecemos as coisas, ele disse, apenas pelos nossos cinco sentidos ou nossas intuições, portanto é impossível se referir a qualquer objeto ou espetáculo que não pode ser claramente representado pelas definições sólidas do fato ou pelas doutrinas corretas da teologia — preferencialmente aquelas congregacionalistas, com quaisquer modificações que a tradição ou Sir Arthur Connan Doyle possa fornecer.

Com esse amigo, Joel Manton, eu havia sempre discutido languidamente. Ele era diretor da East High School, nascido e criado em Boston, e compartilhava da surdez autossatisfatória comum na Nova Inglaterra às delicadas implicações da vida. Pensava que apenas nossas experiências normais e objetivas tinham alguma importância estética, e que não estava tanto na alçada do artista despertar fortes emoções por meio de ação, êxtase e espanto quanto estava manter interesse e apreciação plácidos por meio de relatos fiéis e detalhados da vida diária. Opunha-se especialmente à minha preocupação com o que era místico e sem explicação, pois, embora acreditasse no sobrenatural muito mais do que eu, ele não admitiria que esse assunto fosse lugar-comum suficiente para receber tratamento literário. Algo quase inacreditável para seu pensamento claro, prático e lógico era que a mente pode encontrar seu maior prazer em escapadas da rotina diária e em recombinações dramáticas de imagens geralmente lançadas pelo hábito e pela fadiga nos padrões banais da real existência. Com ele, todas as coisas e sentimentos tinham dimensões, propriedades, causas e efeitos fixos. E ainda que tivesse uma ideia vaga de que a mente às vezes retém visões e sensações de natureza bem menos geométrica, classificável e exequível, ele se justificava ao desenhar uma linha arbitrária e criar regras que não podem ser experimentadas e compreendidas pelo cidadão comum. Além disso, tinha quase certeza de que nada podia ser chamado de "inominável". Não parecia racional para ele.

Apesar de eu compreender bem a futilidade presente nos argumentos imaginativos e metafísicos contra a complacência de alguém ortodoxo, algo na cena do colóquio dessa tarde me levou a mais do que uma simples polêmica. As lápides de ardósia caindo aos pedaços, as árvores patriarcais e os centenários telhados à holandesa da velha cidade assombrada por bruxas que se espalhava ao redor, tudo combinado para elevar meu espírito em defesa do meu trabalho; e logo me vi levando meus golpes ao terreno do inimigo. Na verdade, não era difícil começar um contra-ataque, pois eu sabia que Joel Manton de fato se apegava a velhas superstições que pessoas sofisticadas já haviam abandonado fazia tempo; crenças no aparecimento de moribundos em lugares distantes e nas impressões deixadas por velhos rostos nas janelas através das quais passaram uma vida inteira observando. Para dar crédito a comentários dessas vovós rurais, eu agora insistia, havia a fé na existência de substâncias espectrais na Terra separadas e subsequentes a suas equivalentes materiais. Havia o argumento da capacidade de acreditar em fenômenos além de todas as noções normais, já que, se um homem morto pode transmitir sua imagem visível e tangível para metade do mundo, ou ao longo dos séculos, como pode ser absurdo supor que casas abandonadas estejam cheias de estranhos objetos sencientes, ou que antigos túmulos compactuem com uma terrível e incorpórea inteligência de gerações? E como o espírito, a fim de causar todas as manifestações atribuídas a ele, não pode ser limitado por nenhuma lei da matéria, por que é extravagante imaginar objetos psiquicamente mortos-vivos em formas — ou ausências de formas — que para espectadores humanos devem parecer completa e aterradoramente "inomináveis"? "Bom senso" ao refletir sobre isso, assegurei a meu amigo, não passa de uma estúpida falta de imaginação e flexibilidade mental.

Anoiteceu, mas nenhum de nós sentiu qualquer desejo de parar de falar. Manton não pareceu se impressionar com meus argumentos, ao contrário, estava mais motivado a refutá-los, já que dispunha daquela confiança em suas próprias opiniões que havia, sem dúvida, levado ao seu sucesso como professor, enquanto eu estava muito seguro do meu ponto de vista para temer ser derrotado. A noite caiu, e as luzes começaram a brilhar discretamente em algumas janelas, mas não nos mexemos. Estávamos sentados muito confortáveis sobre o túmulo, e eu sabia que meu amigo prosaico não se importaria com a fissura cavernosa na parede de tijolos antiga e bastante deteriorada bem atrás de nós, tampouco com a total escuridão do local trazida pela intervenção de uma casa do século 17 decaída e abandonada que ficava entre nós e a rua iluminada mais próxima. Lá no escuro, sobre aquele túmulo destroçado ao lado da casa desabitada, falamos bastante sobre o "inominável", e, depois de meu amigo ter terminado sua zombaria, eu lhe contei sobre a terrível prova por trás da história da qual ele mais havia caçoado.

H.P. LOVECRAFT

Minha história fora chamada de *A Janela no Sótão*, e veio a público na edição de janeiro de 1922 da *Whispers*. Em um bom tanto de lugares, principalmente no sul e na costa do Pacífico, as revistas foram retiradas das bancas de jornais por reclamações de covardes estúpidos, mas a Nova Inglaterra não entrou nessa onda e simplesmente deu de ombros à minha extravagância. A coisa, como foi declarada, era biologicamente impossível, para começo de conversa; apenas mais uma daquelas loucuras do interior que Cotton Mather havia sido ingênuo o bastante para despejar em seu caótico livro *Magnalia Christi Americana*, e com tão pouca autenticidade que nem mesmo ele tinha se arriscado a nomear a localidade onde o horror aconteceu. E quanto à maneira como eu ampliei a simples anotação do velho místico — isso era algo bastante impossível e característico de um escriba descuidado e hipotético! Mather havia, de fato, falado sobre a coisa ter nascido, mas ninguém exceto um sensacionalista barato pensaria nela crescendo, olhando pelas janelas das pessoas à noite e se escondendo no sótão da casa, de corpo e alma, até que alguém a visse na janela séculos depois e não pudesse descrever o que havia deixado seu cabelo grisalho. Tudo isso era de uma vulgaridade flagrante, e meu amigo Manton foi rápido ao insistir nesse fato. Então, eu lhe disse o que havia encontrado em um velho diário mantido entre 1706 e 1723, descoberto entre documentos da família a menos de uma milha de onde estávamos sentados; também havia a realidade certeira das cicatrizes no peito e nas costas dos meus ancestrais que o diário descrevia. Eu lhe contei, ademais, dos medos de outras pessoas naquela região, e de como eles foram sussurrados por gerações; e de como nenhuma loucura mítica atingiu o garoto que, em 1793, entrou em uma casa abandonada para observar alguns rastros que suspeitavam haver lá.

Havia sido algo sobrenatural — não é de se admirar que alunos sensíveis estremecessem diante da era puritana em Massachusetts. Tão pouco se sabe do que ia abaixo da superfície — tão pouco, mas ainda assim uma ferida tão horripilante que explode, apodrecida, em ocasionais visões fantasmagóricas. O temor da bruxaria é um raio de luz horrível sobre o que estava fervilhando nos cérebros esmagados dos homens, mas mesmo isso é algo trivial. Não havia beleza, nem liberdade — pode-se ver isso a partir das ruínas da arquitetura e dos objetos e nos sermões envenenados dos teólogos limitados. E dentro daquela camisa de força enferrujada espreitava, em alvoroço, algo hediondo, perverso e diabólico. Aqui, genuinamente, era a apoteose d'O Inominável.

Cotton Mather, naquele demoníaco sexto livro que ninguém deveria ler após o escurecer, não mediu palavras ao transmitir seu anátema. Sério como um profeta judeu, e lacônico e deslumbrado como ninguém conseguiu ser desde sua época, ele falou do animal que tinha aflorado que era mais do que um animal e menos do que um homem — aquela criatura com o olho manchado — e do pobre bêbado vociferante que foi enforcado por ter um olho daquele jeito. Ele contou isso tudo categoricamente, mesmo sem nenhuma dica do que viria a seguir. Talvez não soubesse, ou talvez soubesse, mas não ousasse dizer. Outros sabiam, mas não se arriscavam a contar — não há qualquer pista conhecida do porquê eles cochichavam sobre o trinco na porta que dava para a escada do sótão na casa de um velho sem filhos, falido e amargurado que havia pregado uma lápide de ardósia em branco ao lado de um túmulo indesejado, embora se possa trazer à tona lendas evasivas o bastante para congelar o sangue.

Tudo está naquele diário ancestral que encontrei; todas as insinuações abafadas e histórias furtivas de criaturas com um olho manchado vistas em janelas durante a noite ou em pradarias abandonadas próximo aos bosques. Algo havia prendido meu ancestral em uma estrada escura do vale, deixando-o com marcas de chifres no peito e de patas de símios nas costas. E quando procuraram pegadas na poeira pisoteada, encontraram as marcas misturadas de cascos fendidos e patas vagamente antropoides. Uma vez um mensageiro a cavalo disse ter visto um velho procurando e chamando por uma criatura sem nome que trotava na Meadow Hill nas horas mal iluminadas antes do amanhecer, e muitos acreditaram nele. Certamente, houve uma conversa estranha em uma noite em 1710, quando o velho sem filhos e falido foi enterrado na cripta atrás da própria casa, com vista para a lápide de ardósia em branco. Nunca destrancaram a porta daquele sótão, e deixaram a casa inteira como estava, temida e desertada. Quando dela vinham barulhos, eles sussurravam e estremeciam, e esperavam que o trinco da porta do sótão fosse forte. Depois abandonaram essa esperança quando o horror aconteceu naquele presbitério, não deixando uma alma viva ou inteira. Com os anos, as lendas assumiram um caráter espectral — suponho que a criatura, se é que era uma criatura viva, deva ter morrido. A lembrança havia permanecido de maneira hedionda — mais hedionda ainda porque era muito misteriosa.

Durante essa narrativa, meu amigo Manton havia ficado muito silencioso, e vi que minhas palavras o haviam impressionado. Ele não riu quando eu pausei, mas me perguntou com bastante seriedade sobre o menino que enlouqueceu em 1793, e que havia sido, presumidamente, o herói da minha ficção. Eu lhe falei por que o garoto havia ido àquela casa segregada e vazia, e observei que ele devia estar interessado, já que acreditava que janelas retinham imagens latentes daqueles que próximo a ela haviam sentado. O garoto fora olhar pelas janelas do terrível sótão por causa de histórias de criaturas vistas por trás delas, e voltara gritando loucamente.

Manton permaneceu pensativo enquanto eu contava isso, mas aos poucos adotou um olhar analítico. Ele garantiu, com base em um argumento, que algum monstro antinatural havia de fato existido, mas me lembrou que mesmo a mais mórbida perversão da natureza não precisava ser inominável ou cientificamente indescritível. Admirei sua clareza e persistência, e acrescentei algumas revelações posteriores que eu havia recolhido entre idosos. Aquelas lendas espectrais que surgiram depois, deixei claro, estavam relacionadas a aparições monstruosas mais tenebrosas do que qualquer ser vivo podia ser; aparições de formas bestiais gigantescas às vezes visíveis, às vezes apenas tangíveis, que flutuavam em noites sem lua e assombravam a velha casa, a cripta atrás dela e o túmulo em que uma muda havia brotado ao lado da lápide ilegível. Quer essas aparições tenham ou não, alguma vez, sufocado ou sangrado alguém até a morte, como contado em tradições não comprovadas, elas produziram uma impressão forte e consistente e foram ainda sombriamente sentidas por nativos de idade avançada, embora em grande medida esquecidas pelas duas últimas gerações — tendo morrido, talvez, por não se pensar nelas. Além do mais, levando em conta a teoria estética, se as emanações psíquicas de criaturas humanas forem distorções grotescas, qual representação coerente poderia expressar ou transmitir uma nebulosidade tão infame quanto o espectro de uma perversão maligna e caótica, ela mesma uma blasfêmia mórbida que contraria a natureza? Moldado pelo cérebro morto de um pesadelo híbrido, esse terror vaporoso não constituiria, com toda a repugnante verdade, o requintado e estridente inominável?

Já devia ser bastante tarde. Um morcego estranhamente silencioso passou raspando por mim, e acho que tocou Manton também, pois, embora eu não o pudesse ver, senti que ele ergueu o braço. Nessa hora ele falou.

"Mas aquela casa com a janela no sótão ainda está abandonada?"

"Sim", respondi, "fui lá ver".

"E você encontrou alguma coisa lá — no sótão ou em outra parte?"

"Havia alguns ossos embaixo do beiral. Podem ter sido o que aquele garoto viu — se ele fosse sensitivo, não teria precisado de nada no vidro da janela para desequilibrá-lo. Se todos vinham do mesmo objeto, deve ter sido uma monstruosidade histérica e delirante. Teria sido uma blasfêmia deixar todos aqueles ossos no mundo, então voltei com um saco e os levei para a sepultura atrás da casa. Não pense que fui tolo — você tinha que ter visto aquela caveira. Tinha chifres de dez centímetros, mas face e mandíbula que pareciam a minha e a sua."

Finalmente pude sentir um arrepio de verdade percorrer o corpo de Manton, que tinha se aproximado bastante. Mas sua curiosidade era inabalável.

"Mas e as vidraças?"

"Não estavam mais lá. Uma janela havia perdido toda sua estrutura, e em todas as outras não havia qualquer traço de vidro nas pequenas fendas. Eram do tipo daquelas velhas janelas de treliça que caíram em desuso antes de 1700. Deviam estar sem vidro há cem anos ou mais. Talvez o garoto as tenha quebrado se tivesse chegado a tanto; a lenda não diz."

Manton ficou pensativo de novo.

"Eu gostaria de ver aquela casa, Carter. Onde fica? Com ou sem vidro, sinto que devo explorá-la um pouco. E a sepultura onde você colocou aqueles ossos, e o outro túmulo antigo sem inscrição — a coisa toda parece ser um tanto terrível."

"Você viu — antes de escurecer."

Meu amigo estava mais perturbado do que eu havia suspeitado, pois, a esse toque de teatralidade inofensiva, ele começou a se afastar de mim de maneira neurótica e até gritou com um tipo de suspiro abafado que soltou uma tensão anteriormente reprimida. Foi um berro estranho e, acima de tudo, terrível porque foi respondido. Como ele ainda estava ecoando, ouvi um som estridente em meio à completa escuridão, e soube que uma janela de treliça estava abrindo naquela casa amaldiçoada ao nosso lado. E porque todas as outras estruturas das janelas já haviam caído há muito tempo, eu sabia que o barulho era da aterradora janela sem vidro daquele sótão demoníaco.

Em seguida, veio uma lufada maléfica de ar ruidoso e frígido daquela mesma direção, seguida de um grito penetrante bem ao meu lado na tumba aberta e chocante de homem e monstro. Daí a pouco, fui derrubado do banco em que estava por um diabólico debulhar de alguma entidade não vista de tamanho fenomenal, mas natureza indeterminada; caí esparramado sobre o mofo encrustado daquele cemitério abominável, enquanto da sepultura veio uma agitação reprimida tão arfante e sibilante que minha imaginação povoou a escuridão sem raios de luz com legiões da deformada criatura à *la* Milton. Houve um turbilhão de vento gelado que foi sumindo, e depois o estardalhaço de tijolos soltos e argamassa — mas eu havia desmaiado antes que entendesse do que se tratava.

Manton, embora mais baixo do que eu, é mais resiliente; abrimos os olhos quase no mesmo instante, apesar de seus enormes machucados. Nossas macas estavam lado a lado, e dentro de poucos segundos entendemos que estávamos no St. Mary's Hospital. Os enfermeiros em volta mostravam grande curiosidade, ávidos por ajudar nossa memória ao nos relatar como fomos parar ali, e logo soubemos que fomos encontrados por um fazendeiro em um campo afastado depois da Meadow Hill, a mais de um quilômetro e meio do velho cemitério, em um lugar onde se sabe que existira um matadouro. Manton tinha dois ferimentos graves no peito e outros cortes menos severos nas costas. Eu não havia me ferido com gravidade, mas estava cheio de vergões e contusões dos mais desconcertantes tipos, incluindo a marca de uma pata fendida. Estava claro que Manton sabia mais do que eu, mas não contou nada aos médicos perplexos e interessados até que soubesse a origem dos nossos machucados. Então, disse que havíamos sido vítimas de um touro raivoso — embora fosse difícil situar e explicar a presença desse animal.

Depois que os médicos e enfermeiros saíram, sussurrei uma pergunta cheia de espanto:

"Por Deus, Manton, o que foi isso? Essas cicatrizes.... foi assim?"

E fiquei confuso demais para tripudiar quando ele sussurrou de volta algo que eu meio que esperava:

"Não, não foi nada disso. Havia uma gelatina que cobria tudo, uma substância pegajosa, ainda que tivesse certos formatos — milhares de formatos de horror para além de toda a memória. Havia olhos — e uma mancha. Era o poço, o sorvedouro, a máxima abominação. Carter, era o inominável!

A Procura de Iranon

Para dentro de Teloth, a cidade de granito, vagava o jovem, usando uma coroa de folhas de videira, o cabelo louro brilhando com a mirra. Vinha com seu manto roxo rasgado com urzes brancas da montanha Sidrak, que fica do outro lado da antiga ponte de pedra. Os homens de Teloth são sombrios e sérios, e habitam casas quadradas. Com o cenho franzido, eles perguntaram ao forasteiro de onde vinha e qual eram seu nome e sua sorte. Assim o jovem respondeu:

"Sou Iranon e venho de Aira, uma cidade distante da qual tenho apenas uma vaga lembrança, mas que procuro encontrar novamente. Canto melodias que aprendi na cidade longínqua, e meu destino é criar beleza com aquilo que me recordo da infância. Minha riqueza está em pequenas memórias e sonhos, e na esperança de poder cantar em jardins quando a lua brilhar suave e os ventos do oeste agitarem os botões da flor de lótus."

Quando os homens de Teloth ouviram essas palavras, sussurraram entre si, pois, embora na cidade de granito não haja riso nem cantoria, os homens sérios às vezes olham para os montes Karthian na primavera e pensam nos alaúdes da distante Oonai de que falaram os viajantes. Pensando assim, eles pediram ao estrangeiro que ficasse e cantasse na praça diante da Torre de Mlin, apesar de não terem gostado nem da cor de seu manto surrado nem da mirra em seu cabelo, nem da coroa de folhas de videira, nem da juventude em sua excelente voz. Ao anoitecer, Iranon cantou, e enquanto ele cantava um idoso orou e um cego disse que viu uma auréola sobre a cabeça do cantor. Mas a maioria dos homens de Teloth bocejou, e alguns riram e outros foram dormir, já que Iranon não contava nada de útil e só cantava sobre suas lembranças, sonhos e esperanças.

"Lembro-me do crepúsculo, da lua e das suaves canções, e a janela próximo à qual meu sono era embalado. Pela janela era possível ver a rua de onde as luzes douradas vinham e em que as sombras dançavam sobre as casas de mármore. Lembro-me do quadrado formado no chão pelo luar — não era como uma luz qualquer — e das imagens que dançavam nos raios emitidos pela lua quando minha mãe cantava para mim. Também me lembro do brilhante sol da manhã sobre a colina colorida no verão e da doçura das flores trazidas pelo vento sul que fazia as árvores cantar.

"Ó, Aira, cidade de mármore e berilo, quantas são suas belezas! Como eu amava o aconchego e o perfume dos bosques do outro lado do translúcido Nithra e das cachoeiras da pequenina Kra que percorriam o verdejante vale! Naqueles bosques e no vale as crianças teciam guirlandas umas para as outras e, ao anoitecer, eu tinha sonhos estranhos debaixo das árvores sobre a montanha enquanto via lá embaixo as luzes da cidade e o curvado Nithra refletindo um laço de estrelas.

"E na cidade ficavam os palácios de mármore tingidos e venosos, com domos dourados e muros pintados, além de verdes jardins com piscinas cerúleas e fontes cristalinas. Brinquei nos jardins com frequência e também percorri os lagos, em torno dos quais me deitei e sonhei em meio às pálidas flores debaixo das árvores. Algumas vezes, ao pôr do sol, eu subia a longa e íngreme rua até a cidadela e o local aberto de onde dava para ver Aira lá embaixo, a mágica cidade de mármore e berilo. Esplêndida em um manto de chama dourada.

"Por muito tempo senti falta de ti, Aira, pois era muito jovem quando saí em exílio. Mas meu pai era teu rei, e devo voltar a ti, porque está no destino. Procurei por ti em sete terras, e algum dia reinarei sobre teus bosques e jardins, tuas ruas e palácios e cantarei para homens que saberão de onde vem meu cantar, e não rirão nem virarão as costas. Pois que sou Iranon, que foi um príncipe de Aira."

Naquela noite, os homens de Teloth hospedaram o estrangeiro em um estábulo, e, pela manhã, um arconte veio e lhe disse para ir à loja do sapateiro Athok e lá trabalhar como aprendiz.

"Mas eu sou Iranon, um cantor", disse, "e não tenho aptidão para o negócio do sapateiro."

"Todos em Teloth devem trabalhar", respondeu o arconte, "pois é o que diz a lei". Então falou Iranon:

"Por que trabalhar? Não deveriam poder viver e ser felizes? E se trabalham e cada vez têm que trabalhar mais, quando encontrarão a felicidade? Trabalham para viver, mas a vida não é feita de beleza e canções? E se não permitem cantores em volta, onde estarão os frutos do trabalho? Trabalhar sem canções é como uma jornada exaustiva que não tem fim. Não seria a morte mais agradável?" Mas o arconte era rabugento, e não entendeu e repreendeu o estrangeiro.

"Você é um jovem estranho, e não gosto nem do seu rosto nem da sua voz. As palavras que profere são blasfemas, pois os deuses de Teloth já disseram que o trabalho é bom. Nossos deuses nos prometeram um refúgio de luz além da morte, no qual descansaremos eternamente, e na frieza cristalina em que ninguém atormentará sua mente com pensamentos nem seus olhos com a beleza. Vá então ao sapateiro Athok ou saia da cidade antes do pôr do sol. Todos aqui devem servir, e essa cantoria é uma tolice."

Então, Iranon saiu do estábulo e caminhou pelas estreitas ruas de pedras entre as sombrias casas quadradas de granito, procurando algo verde, pois tudo era de pedra. Os homens tinham o cenho franzido, mas próximo à barragem de pedra, acompanhando o moroso rio Zuro, estava sentado um menino de olhos tristes fitando a água para espiar galhos cheios de botões verdes serem arrastados das colinas pela corrente de água doce. O garoto disse a ele:

"Você não é aquele de quem os arcontes contam, aquele que procura uma cidade distante em uma bela nação? Sou Romnod e nasci do sangue de Teloth, mas não sou velho nos moldes da cidade de granito, e anseio todos os dias pelos bosques aconchegantes e as terras distantes de beleza e cantoria. Além dos montes Karthian fica Oonai, a cidade de alaúdes e danças, sobre a qual os homens sussurram e dizem ser tão adorável quanto terrível. Eu iria para lá se tivesse idade suficiente para encontrar o caminho, e para lá você deveria ir e cantar para que os homens ouvissem. Deixemos a cidade de Teloth e passemos juntos pelas colinas na primavera. Poderia me mostrar os caminhos da viagem, e eu assistiria sua cantoria à noite, quando as estrelas, uma a uma, trouxerem sonhos à mente dos sonhadores. E pode ser que Oonai, a cidade de alaúdes e danças, seja a bela Aira que procura, mas ouvi dizer que não volta a Aira há muito tempo, e um nome sempre muda. Vamos a Oonai, ó, Iranon da cabeça dourada, onde os homens nos conhecerão e nos darão as boas-vindas como irmãos, sem rir ou franzir o cenho enquanto falamos." E Iranon respondeu:

"Que assim seja, garoto. Se alguém neste lugar de pedra desejar beleza, deve procurá-la nas montanhas e além delas, e não te deixaria lamentar ao lado do moroso Zuro. Mas não ache que o deleite e a compreensão habitam bem do outro lado dos montes Karthian ou em qualquer lugar que possa alcançar na jornada de um dia, um ano ou um quinquênio. Veja, quando era pequeno como você, eu morava no vale de Narthos ao largo do gélido Xari, onde ninguém ouvia meus sonhos. E disse a mim mesmo que, quando fosse mais velho, iria até Sinara, na colina do sul, e cantaria para homens sorridentes montados em dromedários no mercado. Mas, quando fui a Sinara, encontrei os homens bêbados e vulgares montados em dromedários e vi que suas canções não eram como as minhas, então viajei em uma barcaça pelo Xari até Jaren, dos muros de ônix. E os soldados em Jaren riram de mim e me colocaram para fora, de modo que fui obrigado a perambular por muitas cidades. Vi Stethelos, que fica abaixo da grande catarata, e fitei o pântano onde ficava Sarnath. Estive em Thraa, Ilarnek e Kadatheron, no sinuoso rio Ai; também morei um tempo em Olathoe, na terra de Lomar. E, embora às vezes eu tivesse ouvintes, sempre foram poucos. Mas sei que serei bem-recebido em Aira, a cidade de mármore e berilo que meu pai uma vez governou como rei. Portanto, procuremos por Aira. Seria bom visitar a Oonai abençoada pelo alaúde do outro lado dos montes Karthian, que pode muito bem ser Aira, ainda que eu ache que não. A beleza de Aira vai além da imaginação, e não se pode falar dela sem arrebatamento, enquanto sobre Oonai os homens a camelo sussurram com desconfiança."

Ao pôr do sol, Iranon e o pequeno Romnod deixaram Teloth e por bastante tempo vagaram em meio às verdes colinas e frias florestas. O caminho era rústico e obscuro, e parecia que nunca estavam mais perto de Oonai, a cidade de alaúdes e danças. Mas, à noite, enquanto as estrelas surgiam, Iranon cantou sobre Aira e suas belezas, e Romnod ouviu, ficando ambos felizes cada um à sua maneira. Eles se alimentaram bem de frutas variadas e não perceberam o tempo passar, mas muitos anos devem ter transcorrido. O pequeno Romnod não era agora tão pequeno, e falava com a voz grave e não mais estridente, embora Iranon fosse sempre o mesmo e decorasse seu cabelo dourado com folhas da videira e resinas perfumadas encontradas nos bosques. Até que pareceu que Romnod era mais velho do que Iranon, apesar de ser muito pequeno quando Iranon o havia encontrado observando os galhos com botões verdes em Teloth, ao lado da barragem de pedra do moroso rio Zuro.

Então, em uma noite de lua cheia, os dois viajantes subiram ao topo de uma montanha e olharam para baixo na ampla luminosidade de Oonai. Camponeses lhes haviam dito que estavam próximo, e Iranon sabia que essa não era sua cidade natal, Aira. As luzes de Oonai não eram como as de Aira; eram fortes e ofuscantes, enquanto as luzes de Aira brilham tão mágica e suavemente quanto brilhava a luz do luar no chão próximo à janela em que a mãe de Iranon uma vez o embalou para dormir com uma música. Mas Oonai era uma cidade de alaúdes e danças, então Iranon e

Romnod desceram a íngreme colina a fim de encontrar homens aos quais cantos e sonhos trariam prazer. E quando entraram na cidade, encontraram foliões com guirlandas de rosas debruçados nas janelas e varandas que ouviram as canções de Iranon, atiraram-lhe flores e aplaudiram quando ele terminou. Assim, por um momento Iranon acreditou que havia encontrado aqueles que pensavam e sentiam como ele, embora a cidade não tivesse um centésimo da beleza de Aira.

Quando amanheceu, Iranon olhou em volta consternado, pois os domos de Oonai não eram dourados sob o sol, e sim cinzentos e sombrios. E os homens de Oonai eram pálidos de tanto festejar e enfadonhos de tanto vinho, muito diferentes dos homens radiantes de Aira. Mas como as pessoas haviam jogado flores para ele e aclamado suas canções, Iranon lá permaneceu, e com ele Romnod, que gostava da folia da cidade e usava em seu cabelo negro rosas e murta. Com frequência Iranon cantava para os foliões à noite, porém estava sempre como antes, coroado apenas com as folhas de videira das montanhas e relembrando as ruas de mármore de Aira e o translúcido Nithra. Ele cantava nos salões pintados com afrescos do monarca, em cima de estrados de cristal erguidos sobre um chão que era um espelho, e enquanto cantava, criava imagens para seus ouvintes até que o chão parecesse refletir lembranças antigas e bonitas em vez de foliões corados com o vinho que o cobriam de rosas. O rei lhe ordenou que tirasse seu manto gasto e o vestiu em cetim e tela áurea, com anéis de jade e braceletes de marfim, e o hospedou em um quarto dourado e atapetado com uma cama de madeira entalhada com dosséis e colchas de seda com flores bordadas. Foi assim que Iranon habitou em Oonai, a cidade de alaúdes e danças.

Não se sabe quanto tempo Iranon se demorou em Oonai, mas um dia o rei trouxe ao palácio alguns dançarinos rodopiantes do deserto Liranian e sombrios tocadores de flautas de Drinen, no leste, e, depois disso, os foliões não jogavam suas rosas para Iranon tanto quanto jogavam aos dançarinos e flautistas. E dia após dia,

NAS MONTANHAS DA LOUCURA

Romnod, que havia sido um garotinho na Teloth de granito, ficava mais grosseiro e mais corado de tanto vinho, até que passou a sonhar cada vez menos e ouvir com menos deleite as canções de Iranon. Entretanto, embora estivesse triste, Iranon não parou de cantar, e durante as noites mais uma vez contava sobre seus sonhos com Aira, a cidade de mármore e berilo. Então, uma noite, o corado e robusto Romnod bufou pesado em meio às sedas de sua poltrona de cear e morreu se contorcendo, enquanto Iranon, pálido e magro, cantava para si mesmo em um canto distante. E quando Iranon havia chorado sobre o túmulo de Romnod e jogado sobre ele galhos verdes, que Romnod adorava, desvencilhou-se das espalhafatosas roupas de seda e saiu sem ser lembrado de Oonai, a cidade de alaúdes e danças, vestido apenas com o manto roxo rasgado no qual havia chegado e enfeitado com as folhas de videira das montanhas.

Iranon vagou ao pôr do sol, ainda procurando por sua terra natal e homens que entenderiam suas canções e sonhos. Em todas as cidades de Cydathria e nas terras além do deserto de Bnazie, crianças de rostos alegres riam de suas canções ultrapassadas e seu gasto manto roxo, mas Iranon permaneceu jovem e usou guirlandas sobre o cabelo dourado enquanto cantava sobre Aira, o júbilo com o passado e a esperança no futuro.

Então uma noite ele chegou ao leito de um velho pastor, curvado e sujo, que mantinha rebanhos em uma colina pedregosa sobre um campo de areia movediça. Com esse homem Iranon falou como falava com tantos outros:

"O senhor poderia me dizer onde encontrar Aira, a cidade de mármore e berilo, em que corre o translúcido Nithra e as cachoeiras da pequenina Kra cantam para os vales verdejantes e colinas cobertas de árvores?", e o pastor, ao ouvir isso, fitou Iranon de modo peculiar por um longo tempo, como se estivesse lembrando de algo muito antigo, e notou cada ruga no rosto do forasteiro, seu cabelo louro e a coroa de folhas de videira. Mas ele era velho, e balançou a cabeça enquanto respondia:

"Ó, forasteiro, de fato ouvi o nome Aira, e os outros nomes de que falou, mas eles chegam a mim de longe devido aos anos. Eu os ouvi na minha juventude da boca de um parceiro de jogo, filho de um mendigo dado a sonhos estranhos, que costumava contar longas histórias sobre a lua, as flores e o vento do oeste. Costumávamos rir dele, pois o conhecíamos desde seu nascimento, embora ele se achasse filho de um rei. Ele era agradável, assim como você, mas cheio de tolices e estranhezas. E fugiu ainda pequeno para encontrar aqueles que ouviriam com alegria suas canções e sonhos. Com que frequência não cantou para mim sobre terras que nunca existiram e coisas que nunca poderiam acontecer! Falava muito de Aira, assim como do rio Nithra e das cachoeiras da pequenina Kra. Ele sempre dizia que lá havia habitado como um príncipe, apesar de o conhecermos desde o nascimento. Nem sequer houve uma cidade de mármore chamada Aira, nem aqueles que se deleitariam com estranhas canções, a não ser nos sonhos do meu antigo parceiro de jogo Iranon, que daqui se foi."

E no crepúsculo — conforme as estrelas surgiam uma a uma e a lua lançava no pântano um brilho como aquele que uma criança vê tremer no chão enquanto é embalada no sono à noite — caminhou para dentro da letal areia movediça um velho homem vestido em um gasto manto roxo, coroado com folhas de videira murchas e olhando em frente como se estivesse sobre os domos dourados de uma bela cidade onde os sonhos são compreendidos. Naquela noite, algo de jovem e belo morreu no mundo antigo.

A Rua

Homens de força e honra povoavam aquela Rua: homens do nosso sangue, bons e corajosos, que haviam chegado das Ilhas Afortunadas, do outro lado do mar. A princípio, não passava de um caminho feito pelos que carregavam água das fontes nos bosques até o conglomerado de casas próximo à praia. Então, conforme mais homens chegavam ao agrupamento, que ficava cada vez maior, e procuravam locais para habitar, cabanas foram sendo construídas ao longo do lado norte, cabanas feitas com troncos robustos de carvalho com alvenaria no lado virado para a floresta, pois muitos indígenas lá espreitavam com flechas de fogo. E dentro de mais alguns anos, cabanas foram construídas no lado sul da Rua.

Para cima e para baixo na Rua caminhavam homens sérios usando chapéus cônicos que na maioria das vezes levavam mosquetes ou pedaços de aves. Havia também suas esposas com toucas na cabeça e crianças sérias. À noite, esses homens, com suas esposas e filhos, costumavam se sentar em volta de braseiros gigantes e ler e conversar. Eram muito simples as coisas sobre as quais eles liam e de que falavam, embora fossem coisas que lhes conferiam coragem e nobreza e os ajudavam durante o dia a dominar a floresta e cultivar os campos. E as crianças costumavam ouvir e aprender as leis e os feitos dos mais velhos e sobre aquela Inglaterra estimada que elas nunca haviam visto e da qual nem podiam se lembrar.

Houve guerra, e depois dela os indígenas não mais perturbaram a Rua. Os homens, ocupados com o trabalho, tornaram-se prósperos e tão felizes quanto conseguiam ser. As crianças cresceram confortáveis, e mais famílias vieram da terra natal para habitar a Rua. E os filhos das crianças, além dos filhos dos recém-chegados, cresceram. A vila era agora uma cidade, e uma a uma as cabanas deram lugar a casas — casas simples e bonitas, feitas de tijolos e madeira, com degraus de pedra, balaustradas de ferro e claraboias sobre as portas. Não eram construções frágeis, pois haviam sido feitas para servir a muitas gerações. Lá dentro as cornijas das lareiras eram entalhadas, e havia graciosas escadas e móveis convenientes e agradáveis, além de porcelana e prata trazidas da terra natal.

Assim a Rua bebia dos sonhos de um povo jovem e exultava conforme seus habitantes se tornavam mais joviais e felizes. Onde houvera apenas força e honra, bom gosto e aprendizagem agora também habitavam. Livros, pinturas e música chegaram às casas, e os jovens foram à universidade que surgiu acima da planície ao norte. No lugar de chapéus cônicos e adagas, de renda e perucas brancas, havia um chão de paralelepípedo sobre o qual se ouvia a algazarra de cavalos de raça e ruídos de muitas carruagens douradas; havia também calçadas de tijolos com espaço para os cavalos serem atados.

Havia muitas árvores naquela Rua: olmos, carvalhos e bordos bastantes dignos, assim, no verão a cena era de um verdor suave com o gorjear dos pássaros ao fundo. Atrás das casas ficavam jardins murados com caminhos acompanhados de sebes e relógios de sol, em que, durante a noite, a lua e as estrelas brilhavam de maneira encantadora enquanto flores perfumadas reluziam com o orvalho.

Assim, a Rua seguia sonhadora, passadas guerras, calamidades e mudanças. Uma vez, a maioria dos jovens foi embora, e alguns nunca voltaram. Isso foi quando eles enrolaram a velha bandeira e colocaram uma nova com listras e estrelas. Porém, embora os homens falassem de grandes mudanças, a Rua não as sentiu, pois sua gente ainda era a mesma, conversando sobre as antigas coisas familiares do jeito antigo e conhecido de relatar. E as árvores ainda abrigavam pássaros cantores, e, à noite, a lua e as estrelas miravam flores cobertas de orvalho nos jardins murados.

Com o tempo, não havia mais espadas, chapéus de três pontas ou perucas brancas na Rua. Como pareciam incomuns os habitantes com suas bengalas, chapéus altos e cabelos curtos! Novos sons vinham de longe — primeiro, bizarros assobios de vento e gritos do rio que ficava a uma milha de distância, e depois, muitos anos mais tarde, assobios, gritos e estrondos estranhos vindos de outras direções. O ar já não era tão puro quanto antes, mas o espírito do lugar não havia mudado. O sangue e a alma de seus ancestrais haviam povoado a Rua. E esse espírito do lugar não mudou nem quando abriram a terra para implantar dutos estranho, nem quando colocaram postes altos com fios inusitados. Havia tanta sabedoria popular antiga naquela Rua que o passado não podia ser facilmente esquecido.

Mas então vieram dias funestos, quando muitos que conheceram a Rua do passado já não a reconheciam mais, e muitos que a conheciam agora não a haviam conhecido antes e foram embora, em virtude de seus sotaques vulgares e estridentes e seus modos e rostos desagradáveis. Seus pensamentos, também, lutaram com o espírito sábio e justo da Rua, de modo que a Rua lamentava saudosamente em silêncio enquanto suas casas entravam em decadência, suas árvores morriam uma a uma e seus jardins se deterioravam com tanta erva daninha e lixo. Mas ela sentiu uma pontada de orgulho um dia, quando novamente jovens marcharam por ali, alguns dos quais nunca mais voltaram. Esses jovens homens estavam vestidos de azul.

Com os anos, um destino pior se abateu sobre a Rua. Já não havia mais árvores, e os jardins foram substituídos pelos fundos de novos prédios baratos e feios nas ruas paralelas. As casas, no entanto, permaneceram, não obstante a devastação dos anos, das tempestades e dos vermes, pois haviam sido construídas para servir a muitas gerações. Novos tipos de rostos apareceram na Rua, morenos, sombrios, com olhos furtivos e características estranhas, cujos donos falavam palavras pouco familiares e colocavam placas com caracteres conhecidos e desconhecidos sobre a maioria das casas já obsoletas. Carriolas encheram as sarjetas. Um fedor sórdido e indefinido tomou conta do lugar, e o espírito ancestral adormeceu.

    Uma grande agitação uma hora surgiu na Rua. A guerra e a revolução mostravam sua fúria do outro lado dos mares; uma dinastia havia colapsado e seus súditos degenerados estavam debandando com intenção duvidosa para a Terra do Oeste. Muitos destes fizeram morada nas casas avariadas que um dia haviam conhecido o canto dos pássaros e o perfume das rosas. Então a Terra do Oeste despertou e se uniu à terra natal em sua luta titânica pela civilização. Outras cidades voltaram a hastear a velha bandeira, acompanhada da nova e de outra, tricolor, mais simples, mas ainda assim gloriosa. Mas não havia muitas bandeiras hasteadas na Rua, porque ali pairavam apenas medo, ódio e ignorância. Mais uma vez, jovens foram embora, mas não muitos como os de tempos anteriores. Faltava algo. E os filhos daqueles jovens homens do passado, que de fato partiram em roupas verde-militar com o verdadeiro espírito de seus ancestrais, vieram de lugares distantes e não conheciam a Rua e seu espírito ancestral.

    Nos mares houve uma grande vitória, e a maioria dos jovens voltou sob o triunfo. Àqueles que faltou alguma coisa, não faltava mais, embora medo, ódio e ignorância ainda brotassem na Rua, pois muitos haviam ficado para trás, e muitos forasteiros tinham vindo de lugares distantes para as casas antigas. E os jovens que haviam retornado não mais habitavam lá. A maioria dos forasteiros tinha feições escuras e malévolas, embora entre eles fosse possível encontrar uns poucos rostos como aqueles que povoavam a rua e moldavam seu espírito. Parecidos, mas nem tanto, já que havia nos olhos de todos um brilho insólito e doentio de ganância, ambição, revanchismo ou mesmo um zelo falacioso. Inquietação e traição estavam em meio a uns ímpios que tramavam aplicar na Terra do Oeste seu golpe mortal, para que pudessem ascender ao poder sobre suas ruínas, assim como assassinos tinham subido naquela terra infeliz e congelada de onde muitos deles haviam vindo. E o coração daquela trama ficava na Rua, cujas casas desmoronando abundavam com criadores de discórdia estrangeiros e ecoavam com os planos e os discursos que ansiavam pelo dia designado para sangue, lume e crime.

Sobre as diversas e bizarras congregações na Rua, a lei dizia muito, mas pouco podia provar. Com grande diligência os homens com distintivos escondidos permaneciam e ouviam sobre lugares como a padaria de Petrovitch, a esquálida Rifkin School of Modern Economics, o Circle Social Club e o Liberty Café. Nesses locais muitos homens se reuniam, embora seus discursos fossem sempre cautelosos e em uma língua estrangeira. Ainda assim, as velhas casas permaneciam de pé, com sua tradição de séculos mais nobres, já idos, de robustos colonos e jardins cheios de orvalho ao luar. Às vezes, um poeta ou viajante solitário entrava para vê-los e tentava visualizá-los na glória passada, que já não tinham mais; mas esses poetas e viajantes eram bem poucos.

Espalhou-se largamente um boato de que essas casas abrigavam líderes de enormes grupos de terroristas, que em um dia designado cometeriam um tremendo massacre que exterminaria a América e todas as antigas tradições que a Rua já nutrira. Panfletos e outros papéis esvoaçavam sobre sarjetas imundas; panfletos e papéis impressos em muitas línguas e caracteres, mas todos contendo mensagens que incitavam crime e rebelião. Nesses escritos, as pessoas eram exortadas a destruir leis e virtudes que nossos pais haviam exaltado a fim de eliminar a alma da velha América — a alma que fora legada durante mil e quinhentos anos de liberdade, justiça e moderação anglo-saxã. Foi dito que os homens morenos que habitavam a Rua e se reuniam em seus prédios em decomposição eram os cabeças de uma revolução hedionda, que a uma palavra de comando deles milhões de animais sem cérebro e movidos pela emoção em cortiços espalhados por milhares de cidades esticariam suas garras barulhentas, queimando, matando e destruindo até que a terra de nossos pais não mais existisse. Tudo isso foi dito e repetido, e muitos ansiaram apavorados pelo quarto dia de julho, sobre o qual escritos singulares deram muitas pistas, embora nada que carregasse a culpa pudesse ter sido encontrado. Nada poderia dizer exatamente de quem a prisão minaria a condenável trama em sua origem. Muitas vezes surgiram grupos de policiais em uniformes azuis para vasculhar as precárias casas, até que finalmente deixaram de vir, pois eles mesmos ficaram cansados da lei e da ordem e tinham abandonado a cidade à sua sorte. Depois, vieram homens de verde-militar, carregando mosquetes, até que parecia que em seu triste sono a Rua devia ter alguns pesadelos assustadores daqueles velhos dias, quando os homens que carregavam mosquetes e usavam chapéus cônicos caminhavam por ela desde a fonte no bosque até a o aglomerado de casas próximo à praia. Ainda assim, nada foi feito que pudesse investigar o iminente cataclisma, pois os homens morenos e sombrios eram experientes em astúcia.

Assim, a Rua dormia inquieta até que uma noite, na padaria de Petrovitch, na Rifkin School of Modern Economics, no Circle Social Club, assim como em outros locais, reuniram-se hordas de homens cujos olhos estavam arregalados com abominável triunfo e expectativa. Mensagens incomuns viajaram por fios escondidos, e muito se falou de outras mensagens insólitas que ainda chegariam, mas a maior parte disso só foi prevista mais tarde, quando a Terra do Oeste se viu a salvo do perigo. Os homens de verde-militar não conseguiram discernir o que estava acontecendo nem o que deveriam fazer, já que os homens sombrios de pele morena eram habilidosos em sutileza e dissimulação.

E os homens de verde-militar sempre se lembrarão daquela noite e falarão da Rua para seus netos, pois muitos deles foram enviados para lá ao amanhecer em uma missão diferente daquela que tinham esperado. Era sabido que esse ninho de anarquia era antigo e que as casas estavam cambaleando com a devastação dos anos, as tempestades e os cupins; ainda assim, o acontecimento daquela noite de verão foi uma surpresa em razão de sua uniformidade muito excêntrica. Foi, de fato, um acontecimento extremamente singular, embora, na verdade, bastante simples. Pois sem aviso, um pouco antes da meia-noite, todos os estragos dos anos, as tempestades e os cupins atingiram o ápice, e depois do colapso não sobrou nada na Rua, exceto duas antigas chaminés e parte de uma resistente parede de tijolos. Nem nada que tivera vida saiu com vida das ruínas. Um poeta e um viajante, que chegaram com a poderosa multidão que procurava a cena, contam histórias estranhas. O poeta diz que, durante as horas que antecederam o amanhecer, ele contemplou ruínas dramáticas indistinguíveis ao brilho das lâmpadas; que dos escombros luzia outra imagem da qual ele conseguiria descrever o brilho da lua, belas casas, olmos, carvalhos e bordos bastante dignos. E o viajante declara que, em vez do costumeiro fedor do lugar, pairava uma delicada fragrância de rosas desabrochando. Mas não são notoriamente falsos os sonhos dos poetas e as histórias dos viajantes?

 Há quem diga que coisas e lugares têm alma, e há quem diga que não. Eu mesmo não arrisco dizer, mas sobre a Rua eu falei.

Doce Ermengarde

Capítulo I

Uma moça simples e rústica

Ermengarde Stubbs era a filha loira e formidável de Hiram Stubbs, um lavrador pobre, mas honesto, de Hogton, em Vermont. O nome dela era originalmente Ethyl Ermengarde, mas o pai a convenceu a abrir mão do prenome após a 18ª emenda à Constituição, declarando que ele o deixava com sede por remeter ao álcool etílico. Os próprios produtos que ele vendia continham em maior parte metanol. Ermengarde declarava ter completado dezesseis primaveras e admitia serem falsas todas as acusações de que teria trinta anos. Ela tinha olhos grandes e negros, um nariz romano proeminente, cabelos claros que nunca escureciam nas raízes, exceto quando a farmácia local ficava sem suprimentos, e uma feição bonita, mas inexpressiva. Ela tinha pouco mais de 1,5 metro de altura, pesava 52 quilos na balança de seu pai — e fora dela também — e era considerada adorável por todos os pretendentes da vila que admiravam a fazenda de seu pai e gostavam de seus produtos líquidos.

Dois ardentes admiradores desejavam a mão de Ermengarde em casamento. O Escudeiro Hardman, que tinha uma hipoteca da velha casa, era muito rico e já de idade. Era moreno e terrivelmente bonito, e sempre andava a cavalo e levava uma chibata na mão. Fazia tempo que desejava a radiante Ermengarde, e agora seu ardor havia sido atiçado por um segredo que só ele sabia — pois sobre os humildes acres do lavrador Stubbs ele havia descoberto um filão do mais rico ouro! "Ahá!", ele disse. "Vou conquistar a donzela antes que seu pai fique sabendo da riqueza que nem suspeita ter, e adicionar à minha fortuna uma maior ainda!" E, assim, ele passou a fazer visitas duas vezes por semana, em vez de uma, como era antes.

Mas, infelizmente, para os desígnios sinistros de um vilão — o Escudeiro Hardman não era o único pretendente da bela moça. Perto da vila morava outro, o belo Jack Manly, cujos cabelos loiros encaracolados haviam ganhado a afeição da doce Ermengarde quando ambos ainda eram crianças na escola da vila. Jack sempre fora tímido demais para declarar sua paixão, mas um dia, quando caminhava pela alameda sombreada ao lado do velho moinho com Ermengarde, ele encontrou coragem para expressar aquilo que levava no coração.

"Ó, luz da minha vida", ele disse, "minha alma está tão sobrecarregada que devo falar! Ermengarde, meu ideal [*ele pronunciou i-de-aal*], a vida se tornou vazia sem você. Amada por meu espírito, contemple enquanto suplicante ajoelho diante de você. Ermengarde, ó, Ermengarde, eleve-me até um paraíso cheio de alegria e diga que um dia será minha! É verdade que sou pobre, mas será que não conta o fato de eu ser jovem e forte para lutar pela minha honra? Eu posso fazer isso apenas por você, querida Ethyl, perdoe-me, Ermengarde — minha única, minha preciosa." Aqui ele parou para enxugar os olhos e coçar a sobrancelha, e a bela jovem respondeu:

"Jack, meu anjo, finalmente... quero dizer, isso é tão inesperado e sem precedente! Eu nunca havia sonhado que nutrisse sentimentos de afeição por alguém tão humilde quanto a filha do lavrador Stubbs, pois ainda sou praticamente uma criança! Sua nobreza é tão natural que eu havia temido — quero dizer, pensado — que não enxergasse os encantos tão discretos que possuo, e que buscaria a sorte em uma cidade grande, onde encontraria e se casaria com uma daquelas donzelas mais agradáveis, cujo esplendor observamos em livros de costumes."

"Mas, Jack, já que sou eu quem você adora, vamos renunciar à prolixidade desnecessária. Jack, meu querido, faz tempo que meu coração está suscetível a seus encantos masculinos. Nutro uma afeição por você. Considere-me sua e se certifique de comprar o anel na loja de ferragens Perkins, em que eles têm belas imitações de diamantes na vitrine."

"*Ermengarde, meu amor!*"
"*Jack, meu precioso!*"
"*Minha querida!*"
"*Meu!*"
"*Ó, céus!*"

Capítulo II

E o vilão ainda a perseguia

Mas esses episódios suaves, sagrados apesar de seu fervor, não passaram despercebidos por olhos profanos, pois quem estava agachado nos arbustos e rangendo os dentes era o covarde Escudeiro Hardman! Quando o casal finalmente partiu, ele pulou na alameda, enrolando seu bigode e girando a chibata com maldade, e também chutando um gato inocente que por ali passava.

"Maldição!", gritou — Hardman, não o gato. "Frustrei-me na minha própria trama para ficar com a fazenda e a garota! Mas Jack Manly não vai se dar bem nessa! Sou um homem de poder — e é isso que vamos ver!"

Na sequência ele se dirigiu à humilde casa de Stubbs, onde encontrou o carinhoso pai na adega lavando as garrafas sob a supervisão da gentil esposa e mãe, Hannah Stubbs. Indo direto ao ponto, o vilão disse:

"Lavrador Stubbs, acalento uma delicada afeição de longa data por sua adorável rebenta, Ethyl Ermengarde. Estou tomado pelo amor, e venho pedir a mão dela em casamento. Como sempre fui um homem de poucas palavras, não recorrerei ao eufemismo. Conceda-me a moça ou encerrarei a hipoteca e tomarei a velha casa de volta!"

"Mas, senhor", suplicou o distraído Stubbs enquanto sua afetada esposa meramente olhava carrancuda, "tenho certeza de que o interesse da minha filha recai sobre outro."

"Ela tem que ser minha!", soltou severamente o sombrio escudeiro. "Irei fazê-la me amar — ninguém resistirá à minha vontade. Ou ela se torna minha esposa ou a antiga propriedade se vai!"

E com uma careta e uma estalada de sua chibata, o Escudeiro Hardman saiu noite afora.

Mal ele deixara o local, os radiantes amantes entraram pela porta, ávidos por contar aos Stubbs sobre a recém-descoberta da felicidade. Imaginem a consternação universal que reinou quando tudo veio à tona! Lágrimas correram como cerveja clara, até que, de repente, Jack se lembrou de que ele era o herói e ergueu a cabeça, declamando com um sotaque viril apropriado ao momento:

"Que a bela Ermengarde nunca seja oferecida em sacrifício a esse animal enquanto eu viver! Eu a protegerei — ela é minha, minha, minha — para dizer o mínimo! Não temam, futuros sogro e sogra, defenderei todos vocês! Vocês poderão manter a velha casa, e eu levarei ao altar a formidável Ermengarde, a mais adorável entre as mulheres! Para a ruína do cruel Hardman e seu ouro ilícito, o honesto deve sempre vencer, e um herói está sempre certo! Irei para a cidade grande e lá farei fortuna para salvar vocês todos antes que vença a hipoteca! Até mais, meu amor — sei que deixo você agora em prantos, mas voltarei para liquidar a hipoteca e reivindicá-la como minha noiva!"

"Jack, meu protetor!"
"Ermie, meu docinho!"
"Querido! Não se esqueça daquele anel na Perkins."
"Ó!"
"Ah!"

Capítulo III

Um ato covarde

Mas o ardiloso Hardman não era fácil de ser detido. Perto da vila ficava um mal-afamado assentamento de barracos desgrenhados, povoados por uma escória indolente que vivia de roubos e outras atividades escusas. Aqui o demoníaco vilão conseguiu dois comparsas — camaradas desfavorecidos que claramente não chegavam nem perto de ser cavalheiros. E durante a noite, os três seres nocivos invadiram o casebre dos Stubbs e raptaram a bela Ermengarde, levando-a para uma cabana abandonada no assentamento e a colocando sob os cuidados da Mãe Maria, uma velha bruxa medonha. O agricultor Stubbs estava bastante distraído e teria anunciado nos jornais se o custo fosse inferior a um centavo por palavra para cada inserção. Ermengarde ficou firme, nunca cedeu em sua recusa de se casar com o vilão.

"Ahá, minha bela e orgulhosa", diz ele, "você está em meu poder, e mais cedo ou mais tarde dobrarei sua vontade! Enquanto isso, pense em seu pobre pai e sua pobre mãe sendo tirados do aconchego do lar e vagando indefesos pelos prados!"

"Ó, poupe-os, poupe-os", disse a donzela.

"Nunca... ha, ha, ha, ha!", disse o bruto com olhar malicioso.

E assim os dias cruéis se passaram, enquanto sem saber de nada o jovem Jack Manly buscava honra e fortuna na cidade grande.

Capítulo IV

Sutil vilania

Um dia, enquanto o Escudeiro Hardman estava sentado em frente ao salão de sua casa cara e suntuosa, refestelando-se no passatempo favorito de ranger os dentes e abanar a chibata, ele foi acometido por um pensamento importante, e xingou em voz alta a estátua de Satanás sobre a lareira de ônix.

"Que tolo que sou!", gritou. "Por que fui desperdiçar todo esse esforço com a garota se posso obter a fazenda simplesmente encerrando a hipoteca? Nunca tinha pensado nisso! Vou liberar a garota, tomar a fazenda e ficar livre para me casar com alguma moça bonita da cidade, como a que lidera o grupo burlesco que se apresentou semana passada na prefeitura!"

E assim ele foi até o assentamento, pediu desculpas a Ermengarde, deixou-a ir para casa e se dirigiu à própria residência para arquitetar novos crimes e inventar novas formas de vilania.

Os dias se passaram, e os Stubbs ficaram muito tristes com a iminente perda da casa, mas, ainda assim, ninguém parecia capaz de fazer nada a respeito. Um dia, um grupo de caçadores da cidade passou por acaso pela velha fazenda e um deles encontrou ouro! Escondendo sua descoberta dos companheiros, ele fingiu ter sido picado por uma cobra e foi até o casebre dos Stubbs para pedir ajuda. Ermengarde abriu a porta e olhou para ele. Ele também olhou para ela, e naquele momento decidiu conquistar a moça e o ouro. "Em nome da minha velha mãe, eu tenho que fazer isso", ele falou em voz alta para si mesmo. "Nenhum sacrifício é grande o bastante!"

Capítulo V

Um rapaz da cidade

Algernon Reginald Jones era um homem do mundo refinado que vinha da cidade grande, e em suas mãos sofisticadas nossa pobrezinha Ermengarde era uma mera criança. Quase se podia acreditar naquela história de que ela tinha dezesseis anos. Algy trabalhava rápido, mas nunca agia de maneira bruta. Ele poderia ter ensinado Hardman uma ou duas coisas sobre a sutileza de ser um homem irresistível e encantador. Sendo assim, apenas uma semana após sua introdução ao círculo familiar dos Stubbs, que ele espreitava como a serpente vil que era, ele havia persuadido a heroína a fugir! Foi durante a noite que ela partiu deixando um bilhete para os pais, cheirando o purê familiar pela última vez e dando um beijo de adeus no gato — comovente! No trem, Algernon pregou no sono e se afundou na poltrona, deixando um papel cair do bolso por acidente. Ermengarde, aproveitando-se da suposta posição como a escolhida noiva, pegou o papel dobrado e leu seu conteúdo perfumado, quando, nossa, quase desmaiou! Era uma carta de amor de outra mulher!

"Mentiroso pérfido!", sussurrou ao adormecido Algernon. "Então é essa a fidelidade da qual se gaba tanto! Vou me livrar de você para sempre!"

Isso dizendo, ela o empurrou pela janela e se acomodou para um descanso merecido.

Capítulo VI

Sozinha na cidade grande

Quando o barulhento trem parou na escura estação na cidade, a pobre e indefesa Ermengarde se viu completamente sozinha e sem dinheiro para voltar a Hogton. "Ó, por que", ela suspirou em um arrependimento inocente, "não peguei sua carteira antes de empurrá-lo? Bom, não devo me preocupar! Ele me disse tudo sobre a cidade, portanto consigo facilmente ganhar o suficiente para voltar para casa, talvez até para liquidar a hipoteca!"

Mas, infelizmente para nossa pequena heroína, trabalho não é coisa fácil de obter para alguém sem experiência, então por uma semana ela foi forçada a dormir nos bancos do parque e comer o que conseguia na fila do pão. Uma vez, alguém astuto e malvado, percebendo quão indefesa a moça estava, ofereceu-lhe um emprego para lavar pratos em um cabaré moderno e depravado, mas nossa heroína era fiel aos seus ideais e recusou o trabalho em um palácio de frivolidade coberto de ouro e brilhante — especialmente por lhe terem sido oferecidos apenas três dólares por semana, com as refeições inclusas, mas sem a hospedagem. Ela tentou procurar Jack Manly, seu antigo amor, porém não conseguia encontrá-lo em nenhum lugar. Também era possível que ele não a reconhecesse, pois na pobreza em que se encontrava, teve que voltar a ser morena novamente, e Jack não a via com os cabelos escuros desde os anos de escola. Um dia, ela achou uma bolsa elegante, mas cara, no escuro e, depois de verificar que não havia muito nela, levou-a à senhora rica que era a proprietária, como dizia o cartão ali encontrado. Encantada além das palavras com a honestidade dessa moça desesperada, a aristocrática Senhora Van Itty adotou Ermengarde para substituir sua pequena que havia sido roubada dela muitos anos atrás. "Igual à minha preciosa Maude", suspirou enquanto observava a bela morena voltar a ser loira. E assim algumas semanas se passaram, com os velhos pais em casa arrancando os cabelos e o terrível Hardman rindo maldosamente.

Capítulo VII

Feliz depois de tudo

Um dia, a abastada herdeira Ermengarde S. Van Itty contratou um segundo assistente de chofer. Impressionada por algo familiar no rosto dele, ela olhou de novo e arfou. Minha nossa! Ninguém mais, ninguém menos que o pérfido Algernon Reginald Jones, que ela havia empurrado de uma janela do vagão naquele dia fatídico! Ele havia sobrevivido — isso era praticamente evidente. Além do mais, ele havia se casado com a outra mulher, que havia fugido com o leiteiro e todo o dinheiro da casa. Agora completamente abatido, ele pediu perdão à nossa heroína e lhe confidenciou toda a história do ouro na fazenda do pai dela. Extremamente emocionada, ela elevou o salário dele em um dólar por mês e resolveu, por fim, satisfazer aquela sempre insaciável ansiedade em aliviar a preocupação de seus pais. Então, um belo dia, Ermengarde se dirigiu a Hogton e chegou à fazenda bem na hora em que o Escudeiro Hardman estava encerrando a hipoteca e ordenando que os pais dela saíssem.

"Fique onde está, vilão!", ela gritou, exibindo um rolo colossal de notas. "Por fim foi detido! Aqui está seu dinheiro — agora vá, e nunca mais bata na nossa humilde porta outra vez!"

A isso se seguiu um encontro alegre, enquanto Hardman enrolava seu bigode e agitava a chibata perplexo e consternado. Mas, espere! O que é isso? Sons de passos na velha passagem de brita, e quem não aparece senão nosso herói Jack Manly — cansado e abatido, mas com a face radiante. Procurando imediatamente o melancólico vilão, ele disse:

"Hardman, me empresta uma nota de dez? Acabei de chegar da cidade com minha bela noiva, a linda Bridget Goldstein, e preciso de alguma quantia para começar algo novo na velha fazenda." Então, voltando-se aos Stubbs, ele pediu desculpas por sua inabilidade em liquidar a hipoteca como combinado.

"Não se dê o trabalho", disse Ermengarde, "a prosperidade chegou até nós, e considerarei pagamento suficiente se você esquecer para sempre as tolas fantasias da nossa infância."

Esse tempo todo a Senhora Van Itty estivera sentada no carro esperando por Ermengarde; mas, quando com um pouco de preguiça avistou o rosto pontudo de Hannah Stubbs, uma vaga lembrança surgiu no fundo de sua mente. Então tudo ficou claro, e ela gritou acusando a matrona rural.

"Você, você, Hannah Smith! Reconheço você agora! Vinte e oito anos atrás, você era a babá da minha bebê Maude e a roubou do berço! Onde, onde está minha filha?" Então, um pensamento a atingiu como um raio em um céu escuro. "Ermengarde... você a chama de filha... Ela é minha! O destino me devolveu minha filha, minha pequenina Maudie! Ermengarde — Maude — venha para os braços calorosos de sua mãe!"

Mas Ermengarde estava intrigada. Como ela poderia sair impune da história de ter dezesseis anos se tinha sido roubada vinte e oito anos atrás? E se ela não era filha dos Stubbs, o ouro nunca seria dela. A Senhora Van Itty era rica, mas o Escudeiro Hardman era mais rico. Então, aproximando-se do desalentado vilão, ela infligiu nele o último e terrível castigo.

"Hardman, querido", murmurou, "reconsiderei tudo. Eu amo você e sua força inocente. Case comigo de uma vez por todas ou eu o processarei por ter me sequestrado no ano passado. Encerre sua hipoteca e aproveite comigo o ouro descoberto pela sua inteligência. Venha, querido!" E foi o que o pobre trapalhão fez.

Impressão e Acabamento
Gráfica Oceano